# Fantômette
# et le magicien

Georges Chaulet

# Fantômette et le magicien

*Illustrations*
Patrice Killoffer

hachette
JEUNESSE

## Françoise

Sérieuse et travailleuse, Françoise est une élève modèle qui se passionne pour les intrigues. Vive, pleine de bon sens et intrépide, n'aurait-elle pas toutes les qualités d'une parfaite justicière ?

## Boulotte

Gourmande avant tout, elle se moque pas mal du danger… tant qu'il y a à manger !

## Mlle Bigoudi

Si elle apprécie Françoise, l'institutrice s'arrache souvent les cheveux avec Ficelle et lui administre bon nombre de punitions. Que penserait-elle si elle était au courant des aventures des trois amies !?

## Ficelle

Excentrique, Ficelle collectionne toutes sortes de choses bizarres. Malgré ses gaffes et son étourderie légendaire, elle est persuadée qu'elle arrivera un jour à arrêter les méchants et à voler la vedette à Fantômette…

## Œil de Lynx

Reporter, il suit de près les méfaits des bandits. Il est le seul à connaître la véritable identité de Fantômette et n'hésite pas, à l'occasion, à lui filer un petit coup de main !

INÉDIT



Hachette Livre, 43, quai de Grenelle, 75015 Paris.

chapitre 1

# L'incroyable Nostradamus

— Cher public et téléspectatrices adorables, je vous remercie de prendre part à ce nouveau numéro de *Fantasmiracle*, le magazine télévisé du fabuleux et de l'impossible !

Celui qui présente l'émission est le journaliste Œil de Lynx, toujours coiffé d'une casquette à carreaux et fumant une pipe constamment éteinte. Il annonce :

— Nous avons tous entendu parler du mage Nostradamus, une sorte d'astrologue ou de sorcier qui vivait au milieu du XVe siècle en Provence. On lui doit une série de surprenantes prédictions qui vont de l'an 1555 jusqu'à l'an 2010...

Trois amies sont réunies dans le séjour, devant une télévision écran plat qui occupe une bonne partie du mur. La brune Françoise à la mine éveillée, la gourmande Boulotte qui s'apprête à engloutir un pain au chocolat et la grande Ficelle dont les cheveux couleur paille pendouillent devant son nez. Elle étire fortement ses oreilles, espérant ainsi avoir une meilleure vue sur Œil de Lynx qui poursuit :

— Pour nous parler du fameux Nostradamus, j'ai demandé à un spécialiste de venir sur ce plateau. Historien renommé, le professeur Pascal Sonlon a étudié la vie et les œuvres de l'astrologue et nous allons pouvoir lui poser quelques questions. Mesdames et Messieurs, accueillons M. Pascal Sonlon sous nos applaudissements !

Le savant apparaît, salue et vient prendre place à côté du journaliste. Une épaisse barbe noire recouvre le bas de son visage, sans doute pour compenser une totale absence de cheveux sur le crâne. Derrière de grosses lunettes, le pétillement de ses yeux révèle une intelligence qui pourrait concurrencer celle de Françoise. Œil de Lynx lui demande :

— Monsieur le professeur, pourriez-vous nous préciser QUI était exactement Nostradamus ?

Ficelle s'écrie, après avoir soufflé sur sa mèche :

— Moi je sais ! C'était un bonhomme qui avait prévisionné la découverte de l'Amérique par Astérix ! Et il a dit que la tour Eiffel allait faire naufrage !

Mais la grande bavarde doit se taire, parce que l'historien fournit sa réponse :

— Michel de Nostredame, qui se faisait appeler Nostradamus, a vécu en effet pendant la première moitié du XVIe siècle. Il fut appelé à la cour de Charles IX pour devenir son médecin, et servit d'astrologue à Marie de Médicis. Mais ce qui l'a rendu célèbre, ce sont ses prédictions. Je vais vous en dire deux :

*Vaisseaux et galères avec étendards*
*S'entrebatteront près de Gibraltar*

— Et ces deux vers ont une signification particulière, professeur ?

— Oui. C'est ce que l'on appelle une prophétie. L'annonce de la bataille de Trafalgar qui eut lieu près des côtes de l'Espagne, trois siècles plus tard. Un combat naval qui opposa la flotte de Napoléon à celle des Anglais.

Ficelle pointe son index vers l'écran :

— Ah ! C'est exactement ce que je vous ai dit ! Le naufrage de la tour Eiffel ! Moi aussi je pourrais faire des prédications, en recopiant mon livre d'histoire !

Mais le professeur poursuit son exposé :

— L'une des plus célèbres prophéties de Nostradamus concerne la mort du roi Henri II. Dans le quatrain numéro 351[1] il est dit que le roi mourrait au cours d'un combat singulier. Vous savez ce qu'est une joute, monsieur Œil de Lynx ?

— Oui. Deux chevaliers galopent l'un vers l'autre en tenant une lance pour désarçonner l'adversaire ?

— C'est cela. Nostradamus annonce que le roi recevra un coup de lance dans l'œil, un coup fatal. Et quatre ans plus tard, c'est exactement ce qui est arrivé à Henri II !

Ficelle se comprime le cœur, ou plus exactement l'estomac et gémit :

— Quelle abominhorreur ! Moi, si j'étais une astrologante, je ne prédirais que des trucs agréables, comme d'avoir vingt sur vingt à un contrôle de maths !

Œil de Lynx semble avoir entendu la remarque de Ficelle, puisqu'il demande :

---

1. « Petit poème en quatre lignes ou vers. Un sixain comprend six vers et un dizain, dix. » (Remarque de Mlle Bigoudi.)

— Nostradamus n'annonçait-il *que* des catastrophes ?

— À vrai dire, on ne trouve pas grand-chose de bien gai dans ses Centuries – c'est ainsi qu'on nomme ses versets. Il évoque l'assassinat de Coligny et celui d'Henri IV, l'exécution du duc de Montmorency, la guerre de la Ligue d'Augsbourg, la peste de Marseille... Je reconnais que tout ceci n'est pas très réjouissant. Il a aussi annoncé la destruction de Paris peu après la Seconde Guerre mondiale, mais là heureusement il s'est trompé.

— Ces prophéties ne seraient donc pas toutes exactes ?

— D'après certains historiens, toutes celles qui étaient bonnes étaient dues au hasard. Mais, moi, je dispose d'un nouvel élément qui pourrait éclairer le débat.

Il marque une pause, ce qui permet à Boulotte d'entamer une barre de nougat enrobé de chocolat. Puis il explique :

— Au cours de mes longues et minutieuses recherches sur la vie de Nostradamus, je me suis particulièrement intéressé à la période où il a exercé la médecine. Il a étudié les plantes et certaines de ses notes ont été conservées. C'est ainsi que j'ai pu retrouver une sorte de formule, de recette permettant de fabriquer un genre de potion aux vertus tout à fait extraordinaires...

Le journaliste s'enquiert :

— Ce serait une sorte d'élixir... magique ?

Pascal Sonlon sourit, caresse sa barbe en prenant son temps, comme pour taquiner Œil de Lynx. Puis il lève un index et se décide à donner son secret :

— Le vieux manuscrit de Nostradamus révèle que, grâce à ce breuvage, il a pu voir les événements de siècles futurs. Dès qu'il avait absorbé une gorgée de l'élixir, il avait des visions ou entendait des voix.

— Un peu comme une télévision qui montrerait l'avenir ? Un spectacle de science-fiction ?

— Oui, ce devait être un peu ça. Des sortes d'hallucinations, pourrait-on dire.

Ficelle balbutie :

— Ah ! Ben dites donc ! Ce Nostramachin, il en avait, de la chance ! Se balader dans les époques et pouvoir prévoir les embouteillages ou les grèves du métro, ça devait être super ! Je voudrais bien avoir une bouteille de ce sirop à sorcières ! Vous croyez que M. Pascal Soncourt m'en donnerait trois ou quatre litres ? J'irais me promener dans l'an 3000 pour savoir si les programmes télé sont plus intéressants...

Œil de Lynx s'adresse une dernière fois à l'historien.

— Monsieur le professeur, je vais encore poser une question. Vous possédez la formule de cet élixir de clairvoyance, mais pensez-vous qu'il serait possible de fabriquer cette potion ?

Le savant remonte ses lunettes sur son nez, réfléchit un instant puis prononce ces paroles :

— Cher monsieur de Lynx, je possède bien la recette de ce philtre fabuleux, mais je ne l'ai pas préparé. Par conséquent j'ignore s'il a tous les pouvoirs que lui prête Nostradamus. Soit cette liqueur permet *vraiment* de connaître l'avenir, soit c'est une arnaque qui ne fait pas plus d'effet qu'un verre d'eau du robinet !

Œil de Lynx se lève, serre la main de l'historien.

— Eh bien, monsieur le professeur, permettez-moi de vous remercier de nous avoir parlé de ce personnage fascinant qu'était Nostradamus, et de nous avoir fait rêver avec sa tisane phénoménale ! Applaudissons M. Pascal Sonlon !

L'émission prend fin sous les ovations du public. Ficelle se met debout, tape du poing gauche dans sa main droite, comme Napoléon quand il déclare qu'il va envahir l'Angleterre, et annonce :

— Je vais me procurer la recette secrète de Nostromachinchose et je fabriquerai sa mixture diabolistique !

— Et moi je t'aiderai ! déclare Boulotte en faisant disparaître dans son gosier les trois quarts d'un hamburger.

Françoise ne dit rien, parce qu'il ne faut jamais contrarier les fous, ni les folles.

chapitre 2

# Vive l'audimat !

Dès la fin de l'émission, le professeur sort du studio, saute dans un taxi et part à toute allure vers son appartement où l'attendent probablement des tonnes de parchemins et de manuscrits recouverts par la poussière des siècles.

Œil de Lynx reste un moment à bavarder avec les techniciens. Il semble nerveux, sans doute à cause de l'émission *Fantasmiracle*, où l'imprévu n'est pas rare.

Toutefois, il se détend un peu quand arrive le directeur d'Eurotélé. Un petit monsieur nommé Lhénorme dont le caractère est celui d'un parfait étourdi. Son visage souriant exprime une entière satisfaction. Il brandit un papier qu'il tend au journaliste.

— Mon cher Œil de Bœuf, j'ai ici les résultats de l'audimat ! L'audience va monter en flèche ! Regardez ces chiffres...

Œil de Lynx examine la feuille et lit à haute voix :

— Un paquet de margarine... Trois kilos de pommes de terre... Des yaourts aux fruits rouges... Qu'est-ce que c'est que ça ?

— Ah ! Excusez-moi, c'est ma liste des courses ! Voici les chiffres de l'audimat... Voyez, nous gagnons quinze pour cent des parts de marché ! Mon cher Œil de Perdrix, votre émission marche du tonnerre ! Félicitations ! D'ailleurs j'ai toujours pensé que *Fabulotruc* était un bon titre.

— *Fantasmiracle*, monsieur le directeur.

— Oui, C'est ce que j'ai dit. Quelle bonne idée d'avoir fait venir ce professeur de gymnastique. Il faudra qu'il revienne pour nous parler du général Nostracactus et de sa bataille de Zanzibar...

Il fait demi-tour et quitte le studio. À cet instant, le portable de l'animateur se met à sonner.

— Allô ? Ah, c'est toi, Ficelle... Comment ? Mon émission était super de chaussettes ? Merci ma grande, ça me fait très plaisir... Ah ! Tu voudrais que je te donne la recette de l'élixir ? Mais je ne l'ai pas, moi. Il n'y a que le professeur Pascal Sonlon qui la connaisse... La lui demander ? Je veux bien essayer, mais je ne sais pas s'il sera d'accord... Bon, je lui en parlerai. Je te donnerai sa réponse. Bonsoir, Ficelle !

M. Pascal Sonlon s'est mis au lit, certain d'avoir fait une grosse impression sur le public. Le coup de fil matinal d'Œil de Lynx ne le dérange pas. D'autant moins que le journaliste lui signale les bons chiffres d'audience.

— Monsieur le professeur, je crois que vous tenez un bon filon avec Nostradamus. Ce personnage intrigue et passionne tout le monde et je souhaite vivement que nous poursuivions l'expérience.

— Je suis ravi, monsieur de Lynx. Avez-vous une suggestion ?

— Oui. J'ai déjà une demande pour la formule de l'élixir et je crois que des dizaines ou des centaines de téléspectateurs vont aussi la réclamer. Seriez-vous d'accord pour la révéler ?

L'historien réfléchit, caresse sa barbe pour s'assurer qu'elle est toujours sur son menton, puis répond :

— Je dois vous avouer que j'hésite un peu...

— Ah ? La recette serait dangereuse ? Elle contient de l'arsenic ?

— Non, non, pas du tout. Au contraire, elle

me semble tout à fait inoffensive. Mais justement, je crains qu'elle n'ait aucune efficacité. Et après tout ce que j'ai dit sur Nostradamus, j'aurais l'air ridicule s'il ne s'agissait que d'une poudre de perlimpinpin... Vous comprenez ? Avant de divulguer la formule, il faudrait peut-être faire des essais pour voir si elle est vraiment efficace...

— Ah ! Mais vous avez raison, monsieur le professeur ! C'est exactement ce qu'il faut faire. Une expérimentation... Et attendez... Je crois que j'ai sous la main une personne pour tenter un essai. Justement celle qui a été la première à demander la formule.

— Alors c'est d'accord, je vais vous faxer la recette de Nostradamus.

— C'est parfait, monsieur Sonlon. Je vous tiendrai au courant des résultats !

chapitre 3

# L'élixir

— Ah ! Boulotte, viens vite ! J'ai trouvé le site de l'astrologiste, Mme Tronchina ! Celle qui fait des horoscopres...

— Attends, Ficelle, mon eau va bouillir... Il faut que je fasse cuire mes coquilles d'huîtres...

— Dépêche-toi !

— Une seconde, Ficelle ! Voilà, je jette six coquilles d'huîtres dans l'eau. Je baisse un peu la température... Bon, je viens.

L'éminente cuisinière apparaît, se frottant les mains avec un chiffon taché de rouge (confiture de fraises), de marron (traces de chocolat sur la table) ou de jaune (un œuf qui s'est écrasé sur le carrelage). Boulotte s'assied sur la moquette, s'empare d'un sachet de noisettes et entreprend d'écouter le discours de son amie qui pointe un long index vers l'écran de l'ordinateur.

— Tu vois, Boulotte, Mme Turbina va indiquer le paquet de bonheur ou de malheur pour les personnes nées sous le signe des sardines. C'est ton cas, pas vrai ? Moi, je suis née sous le signe du lapin. L'important, c'est ce que raconte Mme Turbota au sujet de moi-même, pour qu'elle m'explique ce qui va m'arriver de formidable !

— Bon, d'accord. Et qu'est-ce qu'elle t'a annoncé, cette bonne femme ?

— Elle m'a dit que...

Mais elle n'a pas le temps de finir parce que son portable se met à sonner.

La grande horoscopiste décroche.

— Allô !... Ah ! Œil de Lynx ! Quelle chance vous avez de pouvoir m'entendre ! C'est moi-même qui vous parle, moi la grande et belle Ficelle. Figurez-vous que je suis en train de regarder l'horoscopre de Mme Combina... Comment ? Je vais pouvoir faire mes prédictions moi-même ? Pas possible ?

À l'autre bout du fil, le journaliste essaie de garder son sérieux pour répondre :

— Notre historien vient de m'envoyer la

recette du fameux élixir. Tu veux essayer de le préparer ?

— Un peu, oui !

— Je vais te la dicter. Tu as de quoi écrire ?

— Voui ! Je vais chercher du papier et un marqueur bleu. Parce que le samedi c'est toujours cette couleur que j'utilise. Le dimanche, j'écris avec du jaune, le lundi en rouge, le mardi en noir, le...

Mais elle s'interrompt car la sonnette d'entrée vient de tinter.

— Ah ! Ciel d'orage ! Il y a quelqu'un qui sonne ! Boulotte, tu peux aller voir qui nous envahit ?

De l'autre côté de la porte se tient une visiteuse brune sur un minuscule scooter rouge : c'est Françoise ! Elle tend à Boulotte une boîte blanche entourée d'un ruban brun.

— Tiens, c'est pour toi. Bonne fête !

— Ah ! C'est la Sainte-Boulotte aujourd'hui ? Je ne m'en souvenais même pas ! Tu es gentille, Françoise... Oh ! des calissons d'Aix ! Ma friandise préférée ! Ficelle, regarde ce que Françoise vient de m'apporter !

Ficelle se précipite, arrache la boîte des mains de son amie, la retourne et se met à écrire sur le fond cartonné les indications qu'Œil de Lynx lui dicte par téléphone.

— D'abord, il te faut un flacon bien propre. Boulotte te procurera ça. Ensuite on doit verser dans ce flacon trois cuillerées à soupe de sirop de menthe, puis compléter avec de l'eau de source. Ensuite on prononce cinq fois la formule :

ACABRICABRAC !<br>COURSE EN SAC !<br>TÊTE À CLAQUES !<br>PATATRAC !

— Attendez, m'sieur Pince à Linge, pas si vite ! J'en suis encore à bracabric...

Françoise intervient :

— Ficelle, passe-moi le téléphone et le crayon !

— Heu... Je veux bien.

La brunette attrape le portable, note à toute vitesse le texte débité par le journaliste, puis le relit à haute voix. Œil de Lynx approuve.

— C'est exactement ce qu'a envoyé le professeur. Il ne vous reste plus qu'à préparer cette mixture, ce qui ne me semble pas très compliqué. Il faudra seulement que Ficelle ne mélange pas trop les sacs et les claques dans ses incantations !

— On vous fera le compte-rendu, cher animateur de fantasmagories. Merci pour la dictée !

— De rien, belle brunette !

Ficelle fronce les sourcils.

— Qu'est-ce qu'il t'a dit en dernier ? Belle quoi ?

— Belle chaussette.

Ficelle s'épanouit.

— Ah ! Ça alors, c'et un beau compliment. J'espère qu'il me dira la même chose, parce que je suis une grande et belle chaussettiste. Bon, alors, Boulotte, il me faut un flacon en forme de bouteille, qui soit propre comme mon pied gauche le 1er avril.

— Pourquoi le 1er avril ? demande la gourmande.

— Parce que c'est le jour où je prends mon bain de pied gauche. Le droit, c'est le 30 juin.

Boulotte possède une très belle collection de récipients vides, boîtes de petits pois, pots à confitures, ou bouteilles de diverses formes pour les eaux minérales et les sauces. Elle n'a donc aucun mal à fournir à Ficelle un assortiment de flacons. La nouvelle alchimiste choisit une bouteille de verre ayant contenu un coulis de tomate.

— Je prends celle-là, Boulotte. Et puis il me faudrait du sirop de menthe...

— Regarde dans le placard de la cuisine. Moi,

il faut que j'aille faire des courses pour mon dîner.

La joufflue s'en va acheter le thon à l'huile qu'elle a prévu de mélanger à de la marmelade de poires pour obtenir un dessert délicieux, et Françoise rentre chez elle.

La grande Ficelle a heureusement déniché dans le placard une bouteille de liquide vert, puis a confectionné la prodigieuse mixture qui doit lui permettre de lire l'avenir. Elle pose le flacon sur la table basse, s'assied sur la moquette et lit d'un ton suraigu – pour donner plus de force à l'incantation – le texte écrit sous la boîte de calissons maintenant vide :

— Acabricabrac ! Course en sac ! Tête à claques ! Patatrac !

Retenant sa respiration, elle remplit un verre avec l'élixir de Nostradamus, fait claquer sa langue parce que le goût lui plaît, repose le verre vide sur la table et attend que les premières visions magiques lui apparaissent.

chapitre 4

# Étonnantes prédictions

Le journaliste décroche son téléphone.

— Allô ! Œil de Lynx, j'écoute... Ah, c'est toi, Ficelle ?

— Aaaah ! M'sieur Os de Seiche, vous ne devinerez jamais ! C'est faribolant ! J'ai jamais rien vu de si stupétonnant ! Vous n'allez pas en croire mes oreilles !

— Tu as vu quelque chose ? L'élixir fonctionne ?

— Oh ! là là ! Il fonctionne comme l'estomac de Boulotte quand elle avale une choucroute andalouse ! Si j'ai vu des choses ? J'en ai encore une jaunisse bleue, tellement c'est supermidiable ! J'ai eu autant de visions que Jeanne d'Armes quand elle gardait ses moutons en pure laine végétale ! J'en ai la cervelle encore si pleine, que ça déborde et ça dégouline sur la moquette !

— Vraiment ? Tu as donc des prophéties à m'annoncer ?

— Si j'ai des profiteroles ? Et comment ! C'est même pas croyable, tellement ça ne tient pas debout ! Pendant mes plus beaux cauchemars, j'ai jamais rien vu qui ressemble à ça.

— Bravo ! Tu as donc préparé l'élixir et tu l'as bu ?

— Absolument et parfaitement ! Même qu'avant j'avais prononcé à haute voix en montant sur une chaise les formules du formulaire. Vous connaissez ? Quart de brie et bric-à-brac...

— Je les connais, puisque c'est moi qui les ai dictées à Françoise. Dis-moi vite ce que tu as vu...

— J'ai aperçu la vision incroyable qui m'est rentrée dans le crâne de mon cerveau. Figurez-vous que j'ai senti une apparition devant moi. Devinez ce que c'était ?

— Je ne sais pas, moi. Peut-être Nostradamus ?

— Pas du tout ! J'ai vu Boulotte ! Elle-même et personne d'autre.

Le journaliste fronce les sourcils. L'arrivée

de la gourmande dans cette affaire de magie n'annonce rien de bouleversant pour la planète. Cependant il se montre patient et demande :

— Elle a dit quelque chose de particulier ?

— Oh ! Oui ! Elle m'a fait une annonce qui va vous faire tomber dans un grand gouffre de surprise ! Elle m'a dit comme ça – et je l'ai entendue dix sur cinqrécupération de 2 fichiers XML pour le mettre en 1 seul– qu'elle allait faire... devinez quoi ?

— Aucune idée.

— Elle a dit : « Ce soir, je vais faire des pâtes à la tomate. » Vous vous rendez compte si c'est formidable !

Le journaliste soupire. Si les prophéties de Ficelle se bornent à annoncer de telles banalités, les téléspectateurs de *Fantasmiracle* zapperont sur une autre chaîne. Sans grand espoir, il pose une dernière question :

— Et à part la cuisine de notre joufflue, tu n'as rien de plus original à m'annoncer ?

— Oh ! si, m'sieur Œil de Bouillon. J'ai un truc super au poil qui va vous intéresser et sûrement vous faire plaisir. Après l'apparition de Boulotte, j'ai eu une vision merveilleuse : j'ai vu votre voiture en trente-six morceaux.

— QUOI ?!?

— Et vous, ben vous aviez un gros pansement autour de la tête. Vous étiez comme la momie du farineux Ramsès je-sais-plus combien[1].

Œil de Lynx reste sans voix. Ficelle vient de lui annoncer un accident apparemment sérieux. Il avale sa salive, reprend sa respiration et demande fébrilement :

— Dis-moi, on va donc m'emmener à l'hôpital ? J'aurai une blessure grave ?

— Ah ! ça, je peux pas vous le dire parce qu'après, le paysage a changé. Il n'y avait plus votre voiture en bouillie, il y avait autre chose...

— Qu'est-ce que tu a vu, Ficelle ?

— Une catastrophe ferroviaire.

— Alors... Nostradamus... Eh bien, il y en a des tartines ! Le site m'a l'air très encombré...

Assise devant son ordinateur, Fantômette a revêtu le costume dans lequel elle se sent la plus confortable : celui d'une aventurière. Sa coiffure est un bonnet-cagoule terminé par un pompon en boule contenant une bombe lacrymogène. Sa cape est agrafée par un F majuscule aux formes rectangulaires, où se dissimule une lame escamotable. À sa ceinture de cuir noir, une gaine protège un fin poignard florentin dont elle

1. Elle veut sans doute parler du pharaon Ramsès II.

se sert surtout pour effrayer ses méchants adversaires.

Elle étudie les *Centuries*, où Nostradamus a décrit, sous forme de strophes, des séries de cent prophéties.

— Ça, des prophéties ? Bof ! c'est un bien grand mot.

En réalité, ce qu'elle a découvert jusqu'à présent est un invraisemblable fatras de crimes, d'accidents, de guerres, malheurs, épidémies et calamités qui s'abattent sur n'importe quel pays à des époques ou des dates quelconques. Elle découvre avec effarement des quantités de prédictions hasardeuses qui relèvent de la plus haute fantaisie.

— Quatrain correspondant à mars 2003 : un feu tombé du ciel va détruire Rome. Qu'est-ce que ça veut dire ? Rome est toujours là, aux dernières nouvelles ! Quatrain de juin 2005 : Le Rhin sera rougi par le sang des Suisses et des Allemands. Mais il n'y a eu aucune guerre dans cette région-là en 2003 !... Allons, bon ! C'est la même chose pour la France : En novembre 2008, le roi de France gouvernera l'Espagne, la Sicile et la Croatie.

La justicière entortille du bout des doigts une

mèche de ses cheveux, signe de réflexion profonde.

— La conclusion de ce mic-mac est simple : ou Nostradamus racontait tout ce qui lui passait par la tête, ou alors les historiens qui ont étudié ses textes en ont tiré n'importe quoi. Dans les deux cas, ces fameuses prédictions sont des fariboles. Autant croire aux contes de fées, à l'Ogre et au Chat botté !

Elle éteint l'ordinateur, réfléchit un instant.

— Je me demande si Œil de Lynx a pris la peine de lire quelques-unes de ces *Centuries*. Si oui, il a dû se rendre compte que toutes ces prophéties, c'est des bêtises !

Elle saisit son téléphone, pianote le numéro d'Eurotélé.

— Allô ? Bonjour, c'est Fantômette. Pourriez-vous me passer Œil de Lynx, s'il vous plaît ?

— Je suis désolée, mademoiselle, mais ce n'est pas possible. Il vient d'avoir un accident de voiture et on l'a transporté à l'hôpital Calomel.

*chapitre 5*

# Un joli pansement

Fantômette se déplace sur un de ces minuscules scooters électriques qui se vendent comme des croissants dans une pâtisserie où Boulotte vient d'entrer. La justicière porte un casque et une tenue normale, pull jaune et jeans noirs. L'hôpital Calomel est en vue. La justicière se demande avec inquiétude dans quel état elle va trouver Œil de Lynx. Au téléphone, la secrétaire d'Eurotélé a fourni très peu de renseignements. Tout ce qu'elle a pu préciser était assez inquiétant : « Sa voiture était drôlement amochée, paraît-il. » Si le journaliste est dans le même état que son véhicule, il ne doit pas être beau à voir !

Elle gare rapidement le scooter dans le parc

des deux roues et court à la réception où on lui indique le numéro de la chambre, la 205, l'heure des visites étant commencée. Négligeant l'ascenseur, elle grimpe au second étage, se rue vers le numéro indiqué, frappe de l'index et glisse son regard vers l'intérieur.

Œil de Lynx est seul dans la pièce, assis sur son lit, le tuyau d'une pipe éteinte entre les dents. Il porte un bandage autour de la tête, mais il est tranquillement en train de lire *L'Étape*, le journal des vrais sportifs qui regardent le foot à la télé.

— Tiens ! Fantômette... Bonjour, c'est gentil de me rendre visite.

— Œil de Lynx ! Ah ! vous ne savez pas comme je suis heureuse de vous voir vivant ! Je craignais de vous trouver en cent mille morceaux, comme votre voiture.

— Ha, ha ! Oui, c'est elle qui a encaissé le choc et s'est démantibulée. Moi, je suis resté au milieu des débris, avec juste une bosse sur le front.

Elle s'assied sur une chaise.

— Racontez-moi ça en détail. J'adore les faits divers.

— Oh ! Rien d'extraordinaire. Un gros camion qui ne voulait pas me laisser la priorité, alors BOUM ! Un accident bien banal. Mais ce qui n'est pas banal, c'est qu'il a été prévu par Ficelle.

— Comment ?

— Eh oui ! Notre grande astrologue a préparé la recette de Nostradamus, et après l'avoir bue, elle a eu des visions.

— Pas possible !

— Mais si. D'abord, elle a prédit que Boulotte allait faire des pâtes à la tomate...

— Ça, ce n'est pas bien sorcier à deviner ! Elle nous en sert à tous les repas...

— Oui mais attends ! Sa seconde prophétie, c'est l'image de ma voiture réduite à l'état de ferraille et moi avec un pansement autour du crâne, comme en ce moment.

— Mille pompons ! Mais quand vous a-t-elle parlé de cet accident ?

— Hier. Et c'est aujourd'hui qu'il s'est produit. Si ce n'est pas de la prémonition, explique-moi ce que c'est, belle brunette !

Fantômette se mord les lèvres, enroule une boucle de sa chevelure autour de son index et grogne :

— Dix mille pompons ! Ça laisserait supposer que la mixture de Nostradamus lui a réveillé le cerveau ! Comment expliquer que Ficelle soit tombée juste ?

L'aventurière reste un moment silencieuse. Ficelle n'a pas l'habitude de prévoir les événements. À part les punitions quotidiennes infligées par Mlle Bigoudi qui sont tout à fait probables, la grande étourdie n'a qu'une vision très vague de l'avenir.

La justicière pose une question :

— Dites, vous avez l'intention de parler de cette affaire dans le prochain *Fantasmiracle* ?

— Ah ! J'y compte bien ! Je ne veux pas rater ce scoop ! Je vais de nouveau convoquer le professeur Pascal Sonlon et faire venir Ficelle. On parlera de l'élixir, de la prédiction faite au sujet de mon accident et les téléspectateurs pourront me voir avec mon pansement autour du crâne ! Je te garantis que l'audimat va monter en flèche !

— Et Ficelle ? Que pense-t-elle de ce nouveau don ?

— Je n'en sais rien... J'étais occupé avec les médecins et les radiologues... Tu crois que j'aurais dû en parler avec elle ? La féliciter ?

— On peut toujours voir sa réaction...

— Bonne idée. Où est mon portable ?

Mais Fantômette a déjà sorti le sien. La nouvelle voyante décroche :

— Ici la grande et belle Ficelle qui a les plus merveilleux cheveux de la planète et de l'Union européenne !

— C'est Françoise. Je suis avec Œil de Lynx

qui vient d'avoir un accident de voiture. On est à l'hôpital Calomel.

— Ah ! oui, l'accident... Je suis au courant, je lui ai déjà raconté, tu sais ? Je suis bien contente qu'il se soit fait écrabouiller dans sa guimbarde qui doit être tout aplatie, non ?

— Oui, il n'en reste plus que des bouts de tôle.

— Parfait ! Ça prouve que mes devinations sont aussi vraies que sept et trois font tonze. Est-ce que Œil de Chat est un peu mort, ou pas beaucoup ?

— Il n'a eu qu'une petite bosse au front.

— Ah ! Tant pis ! Ç'aurait été super s'il avait eu trois ou quatre jambes cassées. Enfin, il fera mieux la prochaine fois. Mais je suis bien contente tout de même. C'est comme pour ma prédicture sur Boulotte et ses nouilles à la tomate. Ça a marché aussi ! Une fantasmatique visionnerie que j'ai eue, avec l'élisquir de Nostrabidulus ! Mais j'ai annoncé aussi qu'il va arriver très jolie catastrophe ferroviaire. Ce sera peut-être un car qui dégringolera dans un ravin ou un avion qui tombera dans une piscine. Bon, à part ça, comment ça va, ma chère Françoise ? Tu as des nouvelles de Fantômette ?

— Heu... Pas spécialement.

— Elle doit être encore en train de courir après le Furet... Ah ! Il y a la série *Les Amours horribles* qui commence à la télé. Tchaô !

La grande devineresse raccroche et Fantômette soupire :

— Mais si les prédictions de Ficelle se produisent... alors, ça veut dire que l'astrologie fonctionne ? Pourtant, tout le monde sait que ces histoires d'astres ne sont que des sottises !

Œil de Lynx montre son pansement.

— Je t'assure que mon accident était bien réel ! Et que mon véhicule est en pièces détachées !

— Ça ne serait pas l'occasion d'en racheter une neuve ?

— Allons donc ! Ma voiture a roulé un million de kilomètres. Vingt-cinq fois le tour de la Terre. Avec franchissement des océans... en bateau, bien sûr ! Elle a plus de valeur que le chapeau de Napoléon !

— Bon, je ne dis plus rien. À quand, le prochain Fantasmiracle ?

— Demain soir. Si tu veux venir avec Boulotte, je t'enverrai des invitations.

— D'accord, merci. Soignez-vous bien.

— Oh ! Je pourrais enlever mon pansement, mais il me fait une si jolie tête...

La grande Ficelle prend place devant son ordinateur, souffle en tordant sa bouche pour dégager la mèche qui lui tombe sur le nez, puis tapote sur le clavier.

« Chers amis et zamies Internautes, je suis heureuse que vous veniez nager sur mon débloqueur interactif du Nette où je raconte ma vie qui est si intéressante. Je vais maintenant cliquailler sur mon site Nostrotalamus, pour vous exprimer les grandes et stupétonnantes imagineries que je réalise magicalement pour ébaudir les foules des gens ! »

Elle relit son texte, fait claquer sa langue.

— Ah ! Ce que j'écris bien ! Dommage que Mlle Bigoudi ne puisse pas voir ça ! Elle me donnerait un dix sur dix tout de suite ! Bon, je continue :

« Grâce à mon verre d'élisquir qui m'apporte des visionnements, j'ai confecturé des horoscopres de lusque ou luxe, comme les liseuses de boules magiques. D'ailleurs le prochain métier de ma vocation future, c'est d'habiter dans une roulotte et de regarder le derrière des cartes de Tarot ! Bon, je vais marquer tout de suite mes grandes prédictions de ce qui va se passer. D'abord Boulotte va nous faire des pâtes à la tomate, mais ça je l'ai déjà dit. Ensuite, le reportiste Œil de

Machin va avoir un très beau accident de camion dans sa voiture. Mais ça aussi c'est déjà fait. En troisième, il y aura la merveilleuse catastrophe ferroviaire, qui sera sûrement le naufrage du Titanesque. Avec un peu de chance, vous pourrez le voir en direct à la télé juste après la pub pour les camemberts Doux Parfum. »

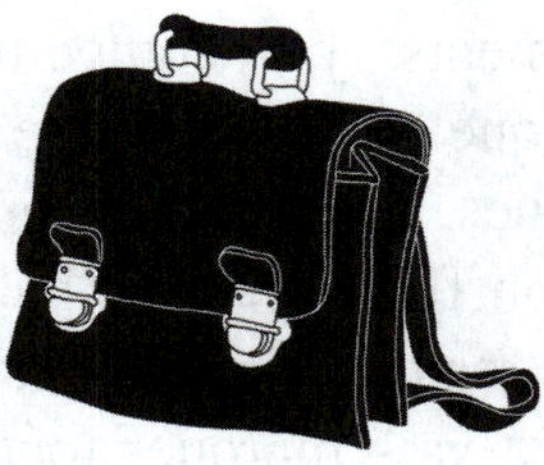

chapitre 6

# Prophétie inquiétante

— Mon flacon d'élisquir de breuvage à magie, où est-ce qu'il est passé ? Je n'arrive plus à remettre le pied dessus ! Boulotte, tu as vu ma bouteille ? Je l'avais posée dans un endroit spécial, pour ne pas l'oublier. C'est toi qui me l'as piquée, voleuse ?

Indignée, la joufflue retire de sa bouche le sandwich pain de mie-beurre-mortadelle-beurre-pain de campagne qu'elle est en train de dévorer et lance, furieuse :

— MOI ? Une voleuse ? Alors que c'est toi qui me piques tout le temps mes chips ? J'aime mieux ne pas te répondre !

Et pour s'imposer le silence, la gourmande se

clôt le bec avec son sandwich. Ficelle se remet à brailler :

— C'est une nhonte ! Si je ne retrouve pas ma liqueur de préminotion... de prénomition...

— De prémonition, rectifie Françoise en apportant le flacon qui contient un liquide d'une jolie couleur verte.

— Ah ! Tu l'as trouvée où ?

— Dans le baril de lessive.

Un double coup de klaxon annonce l'arrivée du monospace d'Eurotélé, provoquant l'affolement dans la maisonnée. Ficelle se remet à lancer des appels au secours.

— Ma chaussette rouge pour le pied gauche ! Et ma verte pour le pied droit ! Françoise, trouve-moi vite mes chaussettes pour passer à la télé ! Boulotte, où est mon peigne mauve ? Ah ! personne ne m'aide, dans cette baraque ! Après je vais être en retard pour aller à *Fantasbidule* ! Tout le monde est contre moi, aujourd'hui, hein ? Vous êtes jalouses parce que je suis la grande vedette de star du jour !

Françoise se rappelle qu'elle a vu la grande étourdie fourrer ses chaussettes dans le bac à légumes du frigo et Boulotte retrouve le peigne sous un paquet de gaufrettes. Françoise ouvre la porte et pousse son amie à l'extérieur, tandis que les coups de klaxon reprennent, parce que le cameraman Pingouin, qui tient le volant, commence à s'impatienter. Les trois amies s'engouffrent dans le véhicule qui démarre aussitôt.

Ficelle, qui s'est assise à côté du chauffeur, pousse un hurlement.

— Aaaah !!! J'ai oublié ma bouteille d'élisquir !!! Il faut faire demi-tour !

Dans son dos, Boulotte répond tranquillement :

— C'est moi qui l'ai. Tiens, tu vois ?

La gourmande a débouché le flacon et renifle le contenu avec des yeux qui brillent.

— Hummmm ! Ça sent bon ! C'est de la menthe, pas vrai ? Tu permets que j'en boive une goulette ? Juste un tout petit peu...

— Ah ! NON ! C'est de la magie réservée aux voyanteuses de mon genre ! Il n'y a que moi qui y ai droit !

La magicienne récupère son précieux flacon et le tient serré contre sa poitrine, ce qui l'empêche de respirer mais surtout de parler, et c'est bien agréable pour son entourage. Vingt minutes plus tard, le monospace s'arrête devant l'immeuble de la télévision et une hôtesse conduit les visiteuses au studio 103.

— Il y a un projo qui est mal réglé ! Je l'ai en plein dans l'œil... Katrina, reviens me mettre un peu de poudre, j'ai le nez qui brille... La grande Ficelle, où est-elle ? Je ne la vois pas ! On a l'antenne dans trente secondes, nom de ma pipe ! Le professeur Pascal Sonlon, il est bien installé ?

Assises au premier rang, Françoise et Boulotte observent avec intérêt l'agitation du studio 103 qui semble sur le point de subir un orage. Les lumières qui éclairaient la salle baissent brusquement, tandis que les projecteurs concentrent leur éclat sur le podium où ont pris place le professeur, l'animateur et Ficelle qui tremble comme un marteau-piqueur, affolée par le trac.

Après s'être assuré que son pansement tient bien sur son crâne, Œil de Lynx arbore un grand sourire et entame son petit discours habituel :

— Cher public et télespectatrices merveilleuses, je vous remercie d'être venus si nombreux à cette émission de *Fantasmiracle*, le magazine télévisé de l'impossible et du fabuleux ! Nous avons aujourd'hui le plaisir de recevoir une nouvelle fois le professeur Pascal Sonlon, que nous applaudissons !

Le présentateur enchaîne :

— Nous sommes également heureux d'accueillir une jeune personne qui a des dons de voyance étonnants... Merci d'accueillir Mlle Ficelle !

Un spot vient de se braquer sur le visage de la grande étourdie, qui ouvre une bouche arrondie. Ses yeux papillonnent ou papillotent, et des cheveux lui retombent brusquement sur le nez. Boulotte et Françoise applaudissent à s'en faire exploser les mains, tout en hurlant : « BRAVO FICELLE !!! »

D'autres jeunes dans la salle, entraînés par cette ovation, prennent le relais pour fêter la nouvelle pythonisse[1] qui du coup se lève en se dandinant, se gratte la tête et met un doigt dans sa narine gauche, sans doute afin d'y chercher quelque inspiration.

Œil de Lynx écarte les bras en un geste conciliant pour ramener un peu de calme, puis lorsque le silence est revenu, s'adresse à l'historien.

— Professeur Sonlon, je vous remercie d'avoir bien voulu revenir sur notre antenne, pour nous parler à nouveau du fameux élixir de Nostradamus. Vous en avez communiqué la formule à Mlle Ficelle ?

— Oui. Et elle a réussi à préparer ce breu-

1. Mot compliqué tiré du grec, désignant une femme qui serait capable de connaître l'avenir. (Définition de Mlle Bigoudi, à copier dix fois.)

vage hors du commun, avec des résultats surprenants...

Le journaliste se tourne vers la géniale étourdie et lui demande :

— Chère Ficelle, pouvez-vous nous expliquer ce qui s'est passé, quand vous avez bu un verre de cette boisson verte que vous avez apportée ?

Notre admirable héroïne a recouvré un peu de son calme. Elle souffle sur sa mèche, se gratte le bout du nez et explique :

— Voilà en fait comment il m'est arrivé ce qui s'est passé, en fait. J'ai bu mon verre de liquide vert comme la couleur de ma chaussette droite... Attendez, il faut que je vous fasse voir...

Elle soulève la jambe droite, l'étend vers le journaliste :

— Vous voyez, m'sieur Œuf de Prince, c'est une chaussette de la marque Santrou, que j'ai achetée chez Tripleprix. Je vais maintenant vous faire voir la rouge...

— Une autre fois, chère, Ficelle, une autre fois. Parlez-nous plutôt de votre expérience avec l'élixir ?

— Ah ! oui, heu... Attendez que je réfléchisse... heu... Oui, voilà, j'ai bu mon verre et je me suis sentie toute drôle, en fait.

— Ah ! Un malaise ?

— Non, au contraire ! Je me suis trouvée très bien, joyeuse comme quand je sors de l'école.

— Bien. Ensuite ?

— J'ai commencé à avoir une vision. J'ai vu Boulotte. C'est ma copine qui est là, au premier rang, en train de manger une barre de chocolat...

Une caméra prend la gourmande en gros plan. Elle sourit, agite la barre pour saluer, puis la remet dans sa bouche. Ficelle poursuit :

— Dans ma vision, elle était en train de préparer des pâtes à la tomate...

Dans la salle, quelques spectateurs commencent à rire, mais le présentateur les rappelle aussitôt à l'ordre.

— Attention ! Les prophéties de Mlle Ficelle sont à prendre au sérieux. J'admets que celle-ci paraît assez simple, puisque Mlle Boulotte prépare souvent des pâtes. Mais la suivante a été autrement importante, et j'en sais quelque chose !

Il désigne de l'index son pansement, ce qui produit un silence dans l'assemblée.

— Chère Ficelle, cette seconde prophétie était l'annonce d'un accident de la circulation, n'est-ce pas ?

— Ben oui, puisque je vous ai vu près de votre voiture qui était en quarante douze morceaux. Et même que vous aviez un bandage sur la tête, qui est le pansement que vous avez là, en ce moment.

Impressionné, le public est devenu particulièrement attentif. Le présentateur demande :

— Cette prédiction, vous l'avez faite la veille du jour où s'est produit mon accident ?

— Oui.

— Et il y aurait, semble-t-il, une troisième annonce ?

Le visage de Ficelle s'épanouit.

— Oh, oui ! Dans mes visions astronomiques, j'ai détecté qu'il allait se produire une grande catastrophe ferroviaire, très belle à contempler !

Œil de Lynx se tourne vers le savant.

— Monsieur le professeur, que pensez-vous des pressentiments de Mlle Ficelle ?

— Ils semblent confirmer l'efficacité de la boisson mystérieuse. Il est certain que cette jeune personne possède actuellement des pouvoirs exceptionnels. Mais l'idéal serait qu'elle ne nous annonce que des choses agréables !

Une secrétaire vient de se glisser sur le plateau. Elle remet une feuille au présentateur qui lit, ouvre en grand ses yeux et lance un cri de stupeur. Puis annonce avec un tremblement dans la voix :

— Le train de la ligne Marseille-Ajaccio vient de dérailler. Il y a vingt-cinq victimes !

chapitre 7

# Une bonne nouvelle

— Intéressante, cette fille, TRÈS intéressante !

Celui qui vient de faire cette réflexion est un homme très grand lorsqu'il se tient debout. Mais pour l'instant il est assis sur une chaise. C'est un être aux cheveux blonds taillés en brosse. Ses yeux bleus semblent provenir des profondeurs d'un glacier. Il se nomme Johnny Baratino et bien malin est celui qui en l'écoutant parler pourrait dire s'il est né à Moscou, à Dallas ou à Munich.

— Qu'est-ce qu'elle a de particulier, cette mouflette ?

La question a été posée par un lourdaud au crâne rasé qui mastique un chewing-gum et semble évadé de la prison de Toulon, à moins que ce ne soit celle de Brest. Johnny Baratino désigne le téléviseur du menton.

— Voyons, Krapo, tu ne te rends pas compte qu'elle a un don ?

— Heu... Un don ? C'est quoi, ça ?

— Une faculté, une qualité, une possibilité. Un truc, si tu veux. Elle est capable de deviner l'avenir. Tu te rends compte ? Si ça se trouve, elle pourrait connaître le gagnant des courses de chevaux au Prix de Longchamp ou le numéro du loto !

— Sans blague ! Ah ! ben alors, je voudrais bien l'avoir, ce don-là ! Ça me rapporterait bonbon !

— Ouais. Mais pour l'instant tu ne la connais pas, cette Ficelle... Ah ! tiens, l'émission est finie.

Baratino éteint la télévision, se lève et tourne en rond dans la minable chambre d'hôtel qu'il occupe avec son complice. Ces deux individus étaient récemment dans une cellule à peine plus petite, à la prison de la Santé. Ils avaient été condamnés à douze ans de prison ferme pour un vol de bicyclette, mais leur avocat ayant trouvé une erreur dans l'énoncé du jugement, la peine avait été annulée. Le tribunal s'était prononcé pour une « consternation » au lieu d'une « condamnation ». À cause de cette grosse bavure, nos deux malfrats s'étaient retrouvés à l'air libre après une semaine de détention.

Libres, mais sans le sou, ils ont dû se réfugier à l'Hôtel des Trois Pouilleux, lamentable établissement que leur avait indiqué le Furet, un chef de bande bien connu de Fantômette[1]. Maintenant, Johnny Baratino se triture les méninges pour dénicher quelque moyen d'encaisser ces euros qui sont si durs à gagner de nos jours, aussi bien pour les honnêtes gens que pour les bandits. Krapo tente de venir en aide à son chef :

— On pourrait p't'être l'enlever, cette fille. Et on la forcerait à nous dire quel canasson va remporter le Prix d'Amérique ?

L'homme aux yeux de glace fait non de la tête.

— La kidnapper ? Pas question, mais ton idée n'est pas mauvaise, Krapo. Et on doit pouvoir la faire venir en douceur, sans la forcer.

— Ah ! J'suis content qu'vous soyez d'accord pour lui mettre le grappin dessus. Mais comment on va s'y prendre ?

— T'en fais pas, j'ai déjà une solution.

— Et on peut savoir ?

— Le patron de cet hôtel a un ordinateur.

---

1. Le Furet se conduit très méchamment dans *Le retour de Fantômette*.

Je vais m'en servir pour contacter cette Ficelle. Krapo, dis-moi, ton copain Caoua a toujours son bistrot, à Pantin-Colombes ? Oui ? Alors on va s'installer dans la pièce du fond. Avec un peu de papier peint et quelques bouts de chiffons, on va préparer un décor pour la Ficelle.

— Ah ! Quel genre de décor ?

— Tu verras bien...

L'émission étant terminée, les spectateurs ont quitté l'immeuble d'Eurotélé. Mais Œil de Lynx, les trois filles et le professeur sont encore dans le studio, occupés à commenter les événements. Le journaliste s'adresse à l'historien pour demander :

— Tous les malheurs que Ficelle pourrait annoncer risquent-ils de se produire ?

— Pour l'instant on ne peut rien affirmer, mais c'est très possible. En tout cas, on doit tenir compte de ses avertissements !

La grande fille secoue la tête de haut en bas.

— Françoise et Boulotte ont été témouines de mes annoncements ! Ils se sont bien produits comme je les ai vus dans mon crâne extraludique ! Tenez, en ce moment même, il me semble qu'une vision vient dans mes oreilles... Ah ! Oui, ça y est...

Le silence se fait autour de la voyante que les techniciens examinent comme un oiseau rare. Heureuse d'attirer l'attention, Ficelle se tortille en écrasant son pied gauche (rouge) avec le droit (vert), en mettant un index dans son oreille, ce qui doit l'aider à capter les ondes extraterrestres. Elle ferme les yeux et déclare, sur le ton d'une hôtesse de l'air :

— Mesdames et messieurs, votre attention s'il vous plaît... Une nouvelle vision va se poser dans deux minutes sur la piste zéro-quatre. Sortie par la porte 17... Je vois un grave problème avec un avion qui n'arrive pas à décoller... Oh ! Boum ! Bang ! Boum ! Boum ! Une série d'explosions ! le ciel en est tout illuminaillé ! Ça pète de partout ! C'est épouvantable !

La pythonisse passe une main sur son visage, comme pour chasser l'affreux spectacle, puis elle ouvre les yeux, balbutie :

— Où est-ce que je suis ? À l'école ? Tiens, je ne vois pas Mlle Bigoudi ? J'ai soif ! Où est mon flacon de liqueur astrologique ? Ah ! C'est toi qui l'as, Boulotte ? Mais il est vide !

— Ben oui, t'as tout bu sans t'en rendre compte...

Œil de Lynx fait apporter un jus d'orange pour calmer les affres de la grande fille, tandis que M. Pascal Sonlon prend des notes sur un carnet. Il explique à Françoise, qui paraît intriguée :

— Il me semble important de marquer les paroles de votre amie. Je crois que son flot de divagations va peut-être se changer en réalités.

— Vous pensez que des explosions vont se produire dans les heures qui viennent ?

— Et qu'un avion se trouvera en difficulté ? C'est tout à fait possible.

— Ça devient inquiétant ! Si Ficelle se spécialise dans les catastrophes, où va-t-on... Tiens ! Œil de Lynx a l'air tout joyeux ?

Le présentateur agite son portable avec un grand sourire. Il déclare à voix haute :

— Mes amis, une bonne nouvelle ! Je confirme que le train de Marseille a déraillé, mais en sortant des voies il a démoli un poulailler sur le bord de la voie ferrée. Les malheureuses victimes, ce sont des poulets ! Les voyageurs, eux, sont indemnes.

C'est un soulagement pour tout le monde – sauf pour les volailles – mais Ficelle est un peu déçue.

— Oui, c'est un accident ferroviaire mais pas une catastrophe. N'est-ce pas, m'sieur Teuf-Teuf ? Vous les journaleux, en fait, vous aimez bien qu'il y ait au moins quarante douze morts dans une cata, pas vrai ?

— Mais non, mais non, pas du tout ! Ce sont les mauvais journalistes qui ne rêvent que de plaies et bosses. Moi, je suis pour les bonnes nouvelles. Par exemple, quand on t'offre un beau cadeau pour ton anniversaire, c'est le genre de chose agréable dont on pourrait parler aux informations ?

Ficelle réfléchit une seconde, se grattant le nez. Puis elle hoche la tête et répond avec une petite moue :

— Oui, évidemment, c'est une nouvelle qui intéresserait toute la terre planétaire !

chapitre 8

# Une annonce allèchante

— Et voilà, je suis fine prête !

Ficelle vient d'allumer son écran, pour prendre connaissance des messages envoyés par son fan club. Aujourd'hui le Prince Charmant est resté muet, mais Robin des Bois a fait connaître son avis sur les prédictions de la nouvelle voyante.

— Félicitations pour ces visions extralucides. Tâche de n'annoncer que des faits plaisants et garde pour toi les mauvaises nouvelles. Je t'envoie ma meilleure flèche.

Amitiés de ROBIN

L'astrologue se comprime le cœur à l'emplacement du foie, et gémit :

— Ah ! Ciel rose ! Quel imèle rebobifiant ! Robin me félicitre et me complimentre ! Quelle joie funeste est la mienne ! J'en suis toute tire-bouchonnée ! Il faudra que je lui envoie un timbre rare, au cas où il en ferait collection. Tiens ! Mais qu'est-ce que je vois ? « Offre d'emploi : ON RECHERCHE UNE ASTROLOGUE DE GÉNIE » ! Pas possible ! Mais c'est moi, ça ! Voyons voir ce que ça raconte ?

La diseuse de bonne aventure rapproche son nez de l'écran, souffle sur sa mèche et déchiffre l'annonce :

— « On recherche une astrologue de génie capable de faire des prédictions exactes. Nous préparons un catalogue des plus grandes magiciennes des temps modernes. Prenez contact avec Le Grand Mage Orientalo-Occidental Maître Nostropadrus, descendant authentique de Nostradamus. Notre Cabinet d'Occultisme et de Voyance se trouve au fond du bistrot Caoua, impasse des Chiens Étiques, à Pantin-Colombes. »

Au comble de la joie, notre magicienne nationale hurle :

— Boulotte, Boulotte, viens voir ça ! Le petit-fils de Nostradamule veut rencontrer les plus grandes sorcières des temps modernes d'aujourd'hui, et c'est MOI la reine ! Tu m'entends ou tu m'écoutes ?

Sortant de la cuisine la gastronome apparaît, croquant une part de pizza froide. Ficelle désigne son ordinateur.

— C'est écrit là, noir sur blanc, en lettres bleues sur fond jaune. Le super mage occipital réclame une voyeuse haut de gamme et en plus, de génie ! Justement ça tombe bien. Tout ce que je fais est génial !

Boulotte croque une portion de pizza et demande :

— Alors, qu'est-ce que tu vas faire ?

— Rendre visite à Maître Nostromachin pour qu'il m'inscrive sur son catalogue. Il va sûrement me mettre en première page, avec une photo en couleurs. Je devrais peut-être m'habiller en magicienne brevetée, avec un chapeau pointu, un manteau bleu couvert d'étoiles et une baguette magique ? Tu crois que j'en trouverai une au supermarché ?

— Ils ont surtout des baguettes de pain, au rayon boulangerie.

— Bon, on verra. Tu m'accompagnes à Pantin-Colombes ?

— Impossible ! J'ai prévu d'essayer une nouvelle recette : la tomate aux pâtes. Ce sera dans le genre des pâtes à la tomate. Je vais te dire comment je m'y prends.

Hélas, Ficelle ne peut bénéficier de cette recette alléchante, parce qu'elle a saisi son portable pour composer le numéro figurant à la fin de l'annonce.

— Allô ? Ici la grande et magnifique voyanteuse qui s'appelle Ficelle et a un don de triple vue. Est-ce que je consentirais à parler à l'extramage Nostropardessus, s'il est assis dans ses cabinets ?

Une voix – celle de Krapo – répond :

— Le Maître t'attend, ma p'tite. Mais j'vais v'nir te chercher. T'habites où ? À Framboisy ? Banco, c'est noté. Il faudra qu't'apportes ta boisson magique, pour pouvoir faire des horoscopes et des trucs comme ça… ah ! T'en as plus ? Ben, faut en fabriquer. J's'rai là dans une heure !

Ficelle se tourne vers son amie :

— Est-ce qu'il te reste du sirop de menthe, pour que je refasse de l'élixir ?

— Non, Mais j'ai de la grenadine, si tu veux...

— Elle est rouge, ça ne marcherait pas. Tu pourrais aller chercher de la menthe à Tripleprix ? Moi je n'ai pas le temps, il faut que je m'habille en magicienne de fée.

— Bon, j'y vais. J'en profiterai pour prendre de la nouvelle marmelade aux œufs d'autruche…

La devineresse va dans la salle de bains, explore le panier à linge sale, en extrait une sorte de robe de chambre couverte de taches bleues. C'est la peinture tombée du plafond quand Ficelle avait entrepris d'en faire un ciel d'été. La moitié de la couleur s'était étalée sur le sol en créant une sorte de piscine d'appartement. Mais abrégeons. S'il fallait dresser la liste des travaux mis en œuvre par la grande artiste, dix livres ne suffiraient pas.

— Bon, j'ai mon manteau de fée. Maintenant il me faut un chapeau noir et pointu… Ah ! Une idée géniale ! Je vais mettre le bonnet de Fantômette.

Jadis Ficelle a déjà revêtu le costume de l'aventurière, espérant que ce déguisement la rendrait adroite, intelligente et invincible, mais le résultat n'était pas très brillant car la justicière en herbe ne parvenait jamais à arrêter le Furet et sa bande. Elle avait tout de même conservé la tenue rouge, noire et jaune qui se trouvait soigneusement rangée sous son lit, avec une collection de DVD.

— Ah ! Ce bonnet me va comme un gant à mon pied. Maintenant, la baguette magique... Voyons...

Faute de mieux, elle s'empare d'une règle en plastique mauve sur laquelle est gravé son nom, avec la pointe d'un compas. Elle vérifie dans un miroir que sa tenue est conforme à l'allure que doit avoir une authentique magicienne.

— Parfait ! Encore une fois, je suis fine prête... Ah ! Voilà Boulotte qui revient avec mon sirop à la menthe.

La joufflue apporte un pot de marmelade aux œufs et une bouteille verte. Ficelle s'empresse de la déboucher, de remplir à demi le flacon magique et de compléter avec de l'eau de la source Vitale, celle qui guérit toutes les maladies, même celles que l'on n'a pas encore inventées. Prenant un air inspiré, la nouvelle fée saisit d'une main le verre et dit la formule que nous commençons à savoir par cœur :

— Acabricabrac ! Course en sac ! Tête à claques ! Patatrac !

Boulotte, qui plonge un doigt dans le pot pour déguster la marmelade, interrompt cet intéressant exercice et demande :

— Ça te fait des sensations ? Tu vois le futur ? Quel plat je vais préparer demain ?

— Heu... Pour l'instant je ne vois pas grand-chose, sauf que tu as de la marmelade sur la joue.

Trois coups de sonnette annoncent la venue d'un visiteur. Ficelle court ouvrir, découvre un bonhomme au crâne luisant qui mastique du chewing-gum et grogne :

— Ah ! C'est toi la fille qui tire les cartes ? T'as la bouteille verte ? Bon, amène-toi !

Il retourne à la voiture qui a dû être récupérée sur quelque terrain vague, s'installe au volant en laissant Ficelle se débrouiller avec une portière qui a autant de mal à s'ouvrir qu'à se refermer. La magicienne arbore un grand sourire pour demander :

— Mon costume de magie vous plaît ?

Sans tourner la tête, l'évadé de la prison de Brest hausse les épaules.

— Bof ! M'en fous...

Un peu déçue par ce manque d'intérêt évident, la fée se renfrogne en souhaitant que l'accueil du supermage soit un peu plus aimable. Le véhicule suit un parcours assez compliqué, dans des banlieues qui ne figurent pas sur les guides de voyages.

Après une heure de feux rouges et de bouchons, on parvient à Pantin-Colombes, puis dans l'impasse des Chiens Étiques. Le bistrot de Caoua est un lieu inquiétant où l'on hésite à entrer. Ficelle y pénètre tout de même à la suite de Krapo, sous des regards noirs qui la font frissonner. Tout au fond, sur une porte qui aurait besoin d'un coup de peinture, est punaisé un écriteau :

GRAND MAGE NOSTROPADRUS
IL LIT L'AVENIR, DEVINE LE PASSÉ
VOUS ASSURE SANTÉ ET FORTUNE
RETOUR D'AFFLICTION GARANTI
CONSULTATIONS GRATUITES
ON PAYE D'AVANCE

Ficelle est tout de suite rassurée. Le style est celui des annonces de voyants qu'on lit dans les journaux gratuits.

Krapo frappe deux fois sur le battant, ouvre et laisse entrer la fée du XXIe siècle. Très à l'aise, souriante, Ficelle est prête à saluer le mage d'un joyeux « Bonjour, m'sieur le divinateur ! »

Mais en découvrant le visage de Nostropadrus et ses yeux bleus à la froideur polaire, elle se fige instantanément, la bouche ouverte comme celle d'un poisson que l'on vient de pêcher dans l'Antarctique. L'astrologue est vêtu d'une tunique de soie noire et coiffé d'un turban blanc. Il porte au majeur de la main gauche une émeraude tellement énorme, qu'elle doit être en verre taillé. Le personnage est assis derrière une table recouverte d'un drap rouge. Dans son dos est accrochée une tapisserie où sont brodés les signes du zodiaque. Dans l'air flotte un parfum de santal provenant d'une baguette qui se consume dans un vase de cristal.

D'un geste, le mage invite la fée à s'asseoir sur un tabouret. Comme Ficelle s'apprête à exposer les raisons de sa visite, il lève une main et dit, d'une voix de basse :

— Inutile de parler ! Je devine tes pensées, je connais tout ce qui te concerne, dans les moindres détails. Je sais que tu as confectionné la liqueur de mon ancêtre et que tu lis dans l'avenir. Tu as prédit que ton amie Boulotte préparerait un plat de pâtes à l'italienne, que le journaliste Œil de Lynx aurait un accident et qu'un train allait dérailler.

Ficelle garde la bouche ouverte, stupéfaite par ces révélations. Comment l'astrologue peut-il si bien connaître sa vie ? Elle n'a parlé à personne de ces prédictions, cependant il est au courant de ces événements, comme s'il avait vu les émissions de la télévision. Pourtant, il n'y a aucun poste dans la pièce ! Oui, cet homme a des pouvoirs surnaturels. Mais après tout, elle a les mêmes pouvoirs, puisqu'elle porte un costume de magicienne.

Nostropadrus pointe un index vers le flacon vert que Ficelle serre toujours contre son estomac.

— Je vois que tu as apporté l'élixir. C'est bien. Veux-tu me faire une démonstration de tes dons ?

Il saisit sur une étagère une timbale d'or massif en cuivre qui voisine avec un hibou empaillé, la remplit de liquide.

— Tiens, bois et parle. C'est à ton tour de me faire connaître mon avenir.

Ficelle obéit, sirote sa préparation, lui trouve un arôme de menthe à l'eau plutôt fade et fait une petite moue.

— Tiens, elle n'a pas le même goût que la première potion que j'avais bue... Attendez, on va voir si je sens la même chose pareil...

Un moment s'écoule. Le hibou contemple la scène en silence. Le magicien scrute le visage de Ficelle dont l'air hébété ne révèle pas de pensées exceptionnelle. La nuit approche et la pythonisse d'occasion se met à bâiller.

Le mage fronce les sourcils, commençant à s'impatienter.

— Eh bien, tu as des visions ou non ?

— Heu… En fait, je ne vois pas grand-chose…

— Mais ce breuvage, il t'a déjà permis d'annoncer l'accident de voiture… La catastrophe ferroviaire ?

— Ben… voui… mais…

— Mais quoi ?

— Quand j'ai bu le premier élixir, en fait je me suis trouvée toute gaie. J'avais envie de rire, de danser, de donner des gifles à Françoise… Des tas de trucs rigolos, quoi !

— Et maintenant ?

— Rien. J'ai un peu sommeil.

L'astrologue remplit de nouveau la timbale.

— Tu vas en reprendre une dose. Allez, bois ça ! Est-ce que tu aurais fait une erreur en te servant de la formule ?

— Heu… Non, je ne crois pas. J'ai bien prononcé les mêmes mots… Bricabrac… Patatras… Sac à puces…

Il se lève, marche en rond, mains au dos, prononce sèchement :

— Il va falloir te réveiller ! Me donner des prophéties. Et qu'elles soient exactes, hein ? Tâche de ne pas traîner, sinon…

Et ce « SINON » semble contenir de telles

menaces que le pompon du bonnet se met à trembler. Le magicien ouvre la porte, derrière laquelle attend Krapo.

— Emmène-la là-haut !

L'évadé de la prison de Toulon fait un signe d'approbation, entre pour empoigner Ficelle par un bras, l'entraîne dans un escalier étroit qui conduit dans la partie la plus haute du bistrot, une petite chambre munie d'une seule fenêtre fermée par des volets. Dans un coin se trouve un matelas crasseux que désigne Krapo.

— Tiens, v'là un lit de luxe. Allonge-toi et pionce !

Sans plus s'occuper de la magicienne, il referme la porte à clé, redescend dans le cabinet de consultations astrologiques où son chef est en train de retirer son déguisement de mage.

— Et maint'nant, chef ?

— On va rentrer à l'Hôtel des Trois Pouilleux. Demain matin nous reviendrons ici, pour voir si cette jeune ahurie a un peu plus d'idées.

— Est-ce que vous savez pourquoi elle n'a pas pu faire de prédictions ?

— Non, mais je trouverai. La nuit porte conseil, Krapo.

chapitre 9

# Au café

De temps en temps, Fantômette s'offre une matinée très grasse.

Mais paresser au lit jusqu'à 11 heures du matin ne signifie pas qu'elle reste sans rien faire. Sans doute ne bouge-t-elle pas, mais son cerveau est en pleine activité. Le gros problème qui occupe son esprit est celui des prédictions. Comment Ficelle a-t-elle pu deviner les événements qui se sont effectivement produits ?

« Le coup de l'élixir, je n'y crois pas. Les visions à base de magie, c'est de la rigolade. Restons logiques ! Gardons les pieds sur terre et ne les lançons pas dans des rêveries acrobatiques, sinon nous retomberons sur la tête ! »

D'abord, la cuisine de Boulotte. Puisqu'elle préparait chaque jour des pâtes à la tomate, annoncer qu'elle allait en servir une fois de plus n'était pas une prophétie.

« Cette question était réglée depuis le départ. La catastrophe ferroviaire entrait dans la même catégorie. Il s'en produit souvent, des déraillements. Ficelle aurait aussi pu parler d'un naufrage, un incendie, une éruption volcanique ou un tsunami. Reste l'accident d'Œil de Lynx. Là, nous sommes dans un cas particulier. La vision de notre astrologue est précise : la voiture en morceaux et le bandeau sur la tête… Voyons, réfléchissons… »

L'aventurière enroule une mèche noire autour de son index en lui donnant un mouvement circulaire, geste qui facilite grandement sa méditation.

« Que notre journaliste ait eu un pansement autour du crâne, c'est la conséquence normale de l'accident. Mais cet accident, comment est-elle parvenue à l'imaginer ? »

Elle se remet à fouiner dans ses circonvolutions cérébrales, et brusquement fait claquer ses doigts, le regard illuminé.

— Ça y est, j'y suis ! Il faut prendre le problème à l'envers. Pourquoi Œil de Lynx est-il rentré dans un camion ? Parce que Ficelle le lui a annoncé. Du coup, quand il a pris le volant, il était anxieux et il a effectivement percuté dans le poids lourd ! En fait, il a été victime de son subconscient[1]. Je me demande si notre grande étourdie s'est rendu compte qu'elle a pu provoquer l'accident ? Ça m'étonnerait, mais je vais lui en parler.

Elle se lève, se pandicule – Mlle Bigoudi dirait que c'est l'action de s'étirer – et décroche le téléphone.

— Allô ? Bonjour, Boulotte !... Qu'est-ce que c'est, ce bruit bizarre ? Une scie électrique ? Ah, ! Ton épluche-cacahuettes... Excuse-moi de te déranger. Tu peux me passer Ficelle ?... Comment, elle n'est pas là ?... Elle n'a pas dormi dans son lit ? Mais où est-elle alors ?... Chez un astrologue ? Lequel ?... Bon, attends. J'arrive !

Elle raccroche, un peu éberluée. Ficelle a passé la nuit chez un faiseur d'horoscopes !

— Ça ne me plaît pas. Non, pas du tout !

Elle se passe rapidement un gant de toilette sur sa frimousse, s'habille à toute vitesse et saute sur

---

1. Les dictionnaires nous expliquent qu'il s'agit de pensées dont nous n'avons pas conscience, mais qui agissent sur notre comportement. Par exemple, vous apprenez votre leçon même si vous préférez jouer avec votre ordinateur, parce que votre subconscient vous dit que si vous ne travaillez pas, je vais sévèrement vous punir. (Importante note de Mlle Bigoudi.)

son scooter. Quelques minutes plus tard, la voici dans la cuisine où Boulotte prépare une omelette aux cacahuètes, « un plat léger, peu calorique, recommandé pour les régimes amaigrissants » affirme-t-elle. Mais pour l'instant, Françoise se semble pas s'intéresser à la gastronomie.

— Tu m'as dit que Ficelle est allée chez un astrologue ?

— Oui. Et avant de sortir, elle s'est déguisée en fée, avec sa vieille robe de chambre et le bonnet de Fantômette. Elle a même emporté sa règle pour faire une baguette magique.

— Et où habite-t-il, cet astrologue ?

— Dans la banlieue… Heu… Attends… ah, oui, à Pantin-Colombes. Voilà, c'est prêt. Tu veux goûter mon omelette ? Elle a l'air à point…

— Merci, non. Tu n'as pas l'adresse de ce bonhomme ? La rue ? Un numéro de téléphone ?

— Heu… Non… Attends, je me souviens que Ficelle a trouvé le téléphone du super-mage sur l'ordinateur. C'est comme ça qu'elle l'a appelé, le grand super-mage qui apporte la fortune, il me semble. Si elle n'a pas éteint, ça doit être encore sur l'écran…

Françoise se rue dans la chambre de Ficelle et pousse un soupir de soulagement. L'annonce est toujours là, avec l'adresse : Impasse des Chiens

Étiques. Elle revient dans la cuisine où la gourmandette ouvre un pot de confiture d'épinards.

— Tu sais comment Ficelle s'est rendue chez ce mage ? En bus ?

— Non, il y a un bonhomme chauve qui est venu dans une voiture un peu déglinguée.

— Bon, je vais là-bas voir ce qui se passe.

La voilà sur son scooter, se faufilant dans les encombrements des environs de la capitale. Le GPS incorporé dans son compteur de vitesse lui indique le chemin. À l'instant où elle retire son casque, deux hommes sortent de l'impasse. L'un est un petit gros dépourvu de cheveux, l'autre un grand gaillard blond à la coiffure en brosse. L'espace d'une seconde, elle entrevoit son regard glacial.

« Mille pompons ! Je le connais, ce ruffian ! Il m'a donné assez de mal, quand je cherchais la Lampe magique… C'est Johnny Baratino ! »

Elle suit des yeux les deux hommes qui s'engouffrent dans une voiture d'un modèle assez ancien dont elle note mentalement la plaque d'immatriculation.

« Avec ce numéro, je les retrouverai sans problème. Maintenant, je dois aller voir ce que devient Ficelle ! »

Elle cadenasse son scooter à un réverbère,

entre dans l'impasse et marche jusqu'au Bistrot de Caoua dont elle ouvre la porte sans hésitation, malgré l'aspect peu engageant du lieu. Trois ou quatre consommateurs, assis devant des tasses de café, braquent leurs regards sombres vers l'arrivante qui va directement au comptoir. Celui qui se tient derrière est sûrement le patron de ce troquet. Elle demande, très naturellement :

— Bonjour ! Je voudrais voir Nostropadrus. Il est là ?

Elle désigne le fond de l'établissement, indiqué dans l'annonce. Caoua secoue la tête en un geste de négation.

— Je connais pas.

Françoise a un léger sourire.

— Vous ne connaissez pas le mage qui donne des consultations dans votre café ?

— Non. Vous prenez quelque chose ?

Elle se dit qu'il est en train de se payer sa tête. L'endroit est fréquenté par Johnny Baratino, gangster célèbre. Il est sorti en compagnie d'un homme chauve, sans doute le chauffeur qui a amené Ficelle. Alors, pas de doute : c'est bien dans la partie arrière du café qu'elle doit se trouver. Marchant d'un pas résolu, la brunette passe entre les tables pour traverser l'établissement. Caoua sort de son comptoir et l'interpelle :

— Hé là ! Où vous allez ? C'est privé !

Mais l'enquêtrice fonce vers le fond, voit une porte qui doit donner sur le cabinet de consultation. Elle ouvre et pénètre dans une pièce vide. Il n'y a là qu'une table, une chaise et un tabouret. Pas la moindre trace de Ficelle. Le seul indice qui pourrait évoquer une atmosphère de magie est un vague effluve de santal. Le patron fait irruption dans la pièce et gronde :

— Qu'est-ce que vous faites, là ? Vous allez me ficher le camp, hein ? Et fissa !

Françoise lève une main, conciliante, et sourit largement :

— Excusez-moi, j'ai dû me tromper d'adresse...

— Oui, c'est ça, tu t'es trompée. Allez, dehors !

Il propulse la visiteuse vers la sortie, lui donne une bourrade dans le dos pour accélérer le mouvement et referme en claquant la porte. Elle fait trois pas, ramasse une sorte de tige en plastique qui traîne sur le pavé, puis va vivement vers le scooter, retire l'antivol et met son casque. Avant de démarrer, elle se retourne et jette un coup d'œil vers le café. À l'étage, elle repère une petite fenêtre, fermée par un volet à persienne.

chapitre 10

# Prisonnière !

Johnny Baratino enlève la mousse qui recouvre son menton au moyen d'un rasoir. Assis sur son lit, Krapo mâche du chewing-gum en ne pensant à rien. Une vieille télé diffuse une image pâlotte où l'on entrevoit Œil de Lynx. Il a déposé sa casquette et sa pipe avant de donner les informations matinales.

— Mesdames et messieurs, après la dernière émission *Fantasmiracle* au cours de laquelle Mlle Ficelle a annoncé des prophéties qui se sont révélées exactes, elle vient de récidiver en parlant d'un avion en difficulté et de fusées remplissant le ciel...

Baratino a interrompu son rasage pour s'approcher de la télévision. Ce que dit le journaliste l'intéresse diablement !

Œil de Lynx poursuit :

— Encore une fois, Mlle Ficelle semble avoir des dons confirmés, puisqu'une grève des balayeurs d'aéroports a éclaté ce matin même, paralysant les avions ! Quant aux fusées, c'est sans doute la vision anticipée du feu d'artifice de Framboisy qui doit être tiré ce soir même. Nous passons maintenant aux manifestations contre la baisse des impôts...

L'homme aux yeux clairs éteint le poste et fait dans la chambre les cent pas réduits à cinq ou six enjambées. Il s'arrête, essuie son menton pour enlever des restants de mousse, puis il a un petit ricanement qui paraît indiquer une grande satisfaction. Krapo relève la tête.

— V'zavez l'air bien content, chef ?

Johnny hoche la tête.

— Oui. Oui, je suis assez satisfait. En écoutant cet Œil parler des hallucinations de la fille, je me suis rappelé la manière dont elle se comportait devant les caméras. Elle se dandinait, bafouillait, poussait des petits cris. Et quand elle a expliqué ce qu'elle ressentait après avoir bu de l'élixir, c'était une grande joie, l'envie de s'amuser, de faire des farces. Est-ce que tu comprends ce que cela signifie, Krapo ?

— Ben... heu... non, elle était de bonne humeur, quoi !

— Exact. Et pourquoi était-elle si joyeuse ?

— Ben... J'sais pas, moi...

— Je vais te le dire, Krapo. Ficelle était rigolarde parce qu'elle était *ivre* ! Sa fameuse boisson magique contenait de l'alcool. Et ça, elle ne le savait pas.

— Ah ! Vous voulez dire qu'elle s'était saoulée avec son sirop ?

— Ce n'était pas du sirop ! Elle ne s'était pas rendu compte que ce liquide à la menthe devait être en réalité du « pippermint », c'est-à-dire... de l'alcool ! Ça lui a tourné la tête et elle s'est mise à débiter des quantités d'âneries, inspirées de ce qu'elle entend à la radio ou à la télé. Par exemple, elle a dû voir des pubs annonçant le feu d'artifice, et elle en a parlé comme si c'était une vision magique.

— Mais pourtant, hier, au café Caoua, elle a bu son fichu truc vert et elle ne vous a fait aucune prédiction...

— Parce qu'elle avait refait la recette mais avec du vrai sirop de menthe, cette fois. Dans sa bouteille, il n'y avait pas d'alcool. Du coup elle n'était pas saoule !

— Ah ! J'comprends, chef. En fait, elle devient visionnaire quand elle a bu un p'tit coup alcoolisé ?

— Voilà, Krapo, tu as tout pigé !

Les deux hommes restent un moment silencieux, réfléchissant. Krapo cesse de mastiquer et demande :

— En fin de compte, chef, tous les racontards de cette mouflette, c'est du vrai ou de la blague ?

L'homme aux yeux clairs a un geste vague.

— Je ne suis pas certain à cent pour cent qu'elle soit capable de prédire l'avenir. Mais à tout hasard je veux l'interroger de nouveau, en lui parlant de l'attaque de banque que je prépare... et, en même temps, je lui servirai un verre de pippermint. Et selon ce qu'elle annoncera, je verrai ce qu'il faut faire. Par exemple si elle me voit sortir de la banque avec une grosse valise de billets, ça voudra dire que le coup va réussir. Mais si des flics me mettent les menottes, on essaiera autre chose !

Ficelle n'a pas beaucoup dormi. Le matelas sur lequel elle vient de passer la nuit n'était pas des plus confortables. Elle voit qu'il fait jour, puisque la lumière filtre à travers les fentes horizontales de la persienne.

Elle se lève, va vers la petite fenêtre en pensant pousser le volet pour voir ce qui se passe à l'extérieur, mais il est bloqué par des boulons. Elle ne peut que glisser son regard entre les fentes, d'où elle entrevoit une partie de l'impasse. Mais peut-être pourrait-elle sortir et rentrer chez elle ?

La merveilleuse voyante pose la main sur la poignée de la porte, appuie.

— Ah ! Zut Alors ! Mille pétards, comme dit Fantômette, c'est fermeturé ! Me voilà enfermée comme une vulgaire princesse dans un donjon du Moyen Âge, pendant que mon fiancé le Prince Charmant est parti pour les croisières[1].

Elle commence à s'apitoyer sur son triste sort, quand des pas se font entendre dans l'escalier. Un clé tourne dans la serrure et la porte s'ouvre pour laisser entrer Johnny Baratino et Krapo. Ficelle recule, affolée par l'apparition du bandit.

— Aaaahhh ! Johnno Baratini ! Le célèbre voleur de sucettes ! Vous venez me chatouiller les doigts de pied ? Ou me faire copier un verbe ?

---

1. Ficelle veut parler des Croisades, expéditions menées contre les Mahométans, Mores ou Infidèles du Proche-Orient, au Moyen Âge. (Mlle Bigoudi.)

L'homme aux yeux clairs sourit aimablement.

— N'aie pas peur, ma chère Ficelle. Je reviens te voir sans le costume que je portais hier. Tu me reconnais ? J'étais déguisé en mage. Nostropadrus, c'est moi ! Me voici de nouveau pour que nous fassions encore des horoscopes. Je sais que tu es une grande magicienne, puisque tu as un habit spécial et une baguette magique. Tiens, mon ami Krapo t'a apporté une bouteille de menthe que lui a donnée Caoua. Tu vas pouvoir boire de nouveau ton élixir. Le premier, qui avait un goût délicieux, n'est-ce pas ?

Notre belle héroïne s'est remise à respirer. Baratino n'est certainement plus le grand bandit que Fantômette avait combattu. Il s'intéresse à l'astrologie, ce qui est bon signe. Mais elle hésite encore un peu.

— C'est que… Je n'ai pas encore pris mon petit déjeuner…

— Justement, ma chère amie, un grand verre de menthe remplacera parfaitement un chocolat au lait. Krapo, tu sers ?

Il remplit un verre qu'il tend à Ficelle. La fée demande :

— Est-ce que je dois réciter la formule ? Bracabric, patacrac, sac à puces ?

— Inutile, dit Baratino, tu as ton costume de sorcière, ça marchera très bien comme ça.

— Bon, alors je bois !

Elle vide le verre, tousse parce que le pippermint est particulièrement fort. Elle fait claquer sa langue, commente :

— Ben c'est pas mauvais ! C'est même plutôt bon. Je retrouve le goût du premier élisquir que j'avais fabriqué. Vous en voulez un peu, m'sieur Baratin ?

— Non, non merci. Ce breuvage est pour toi. Dis-moi, commences-tu déjà à avoir des visions ?

— Des visions ? Heu… oui, je trouve que les murs tournent un peu… et la fenêtre, elle bouge.

— Très bien. C'est l'indication que tu vas faire des prophéties de grande valeur. Dis-moi, est-ce que tu n'aperçois pas la façade d'une banque ?

— Une banque ? Attendez… En fermant les yeux, il me semble qu'il y a devant moi un magasin… Mais je ne sais pas ce qu'ils vendent…

— Si c'est bien une banque, tu devrais apercevoir son nom. Il n'y a rien d'écrit dans le haut de l'image ?

— Attendez… Oui, je vois une sorte d'enseigne… Crédit des Économies Volantes…

Johnny tourne son regard vers Krapo et murmure :

— C'est la principale banque de Framboisy. Nous sommes sur la bonne voie…

Ficelle serre sa tête entre les mains et reprend sa description.

— Je vois autre chose… La porte s'ouvre… Il y a un bonhomme qui sort… Il est habillé tout en noir… Je ne vois pas son visage, il est caché sous une cagoule…

— Est-ce qu'il tient quelque chose ?

— Oui, un grand sac vert sur son dos… Il se met à courir… Ah ! Je vois ses yeux à travers les trous de sa cagoule… Il se sauve… Il tourne au coin de la rue… Le voilà qui disparaît comme un cake dans le bec de Boulotte…

Baratino a écouté Ficelle en buvant ses paroles. Il lui pose la main sur l'épaule et demande d'un ton pressant :

— Dis-moi, chère Ficelle, dis-moi vite… Ses yeux, de quelle couleur étaient-ils ?

— Ils étaient bleus, comme les vôtres…

C'est une intense jubilation que ressent Johnny Baratino. Son plan se déroule comme il l'avait espéré. Sous l'effet de l'alcool, Ficelle entre en transe. Son esprit – déjà particulièrement fantasque – quitte le monde réel pour se lancer dans des rêveries extraordinaires. Il suffit de lui faire entendre le mot banque pour qu'aussitôt elle en fasse naître l'image dans son esprit.

Le bandit chuchote à l'oreille de son complice :

— Tu as vu ? Ça marche ! Elle vient de me voir sortir du Crédit des Économies Volantes avec un sac de banque qui contient évidemment des euros. C'est dans la poche ! On va se faire un joli magot. Bon, maintenant on n'a plus besoin de cette ahurie. On va lui accrocher un bout de chaîne aux pieds et la balancer dans la Marne ou l'Oise.

Krapo accueille ces mots avec une grimace. L'homme aux yeux clairs fronce les sourcils ;

— Quoi ? Ce programme ne te convient pas ? Tu n'es pas d'accord ?

— Oh, si ! Mais c'qui m'embête, c'est d'la supprimer avant qu'elle nous ait donné les chevaux vainqueurs des prochains prix de Vincennes, de Longchamp, d'Évry, de...

— Bon, bon, d'accord, on attendra un peu. Mais après le Prix de la Tour Eiffel, on la liquidera, d'accord ? On ne va pas la garder jusqu'à la Saint-Glinglin !

Les deux hommes sortent, verrouillent. À travers les brumes qui encombrent son esprit, la magicienne entend leurs pas qui décroissent dans l'escalier. Avant, elle avait perçu quelques bouts de phrases bizarres : nous n'avons plus besoin de cette ahurie... on va lui accrocher un bout de chaîne aux pieds... on la liquidera...

« De qui donc parlaient-ils ? d'une fille ? Laquelle ? Tout de même pas de Fantômette, puisqu'elle ne s'occupe pas de magie... De moi peut-être ? On la liquidera ?... Ce n'est pas moi qu'ils veulent liquider ? Me tremper dans un liquide ? »

Elle se laisse tomber sur le matelas, se frotte les tempes pour tenter de dissiper les vapeurs de l'alcool. À force de se concentrer sur les propos échangés à mi-voix par les deux hommes, elle finit par comprendre leurs intentions. Lui faire dire quels seront les chevaux gagnants des prochaines courses, et enfin la jeter dans un fleuve avec un poids aux pieds...

— Ah ! Mais ça m'empêcherait de nager ! Déjà que je me baigne seulement là où j'ai pied... Il faut que je sorte d'ici !

Elle va vers la porte, tape du poing contre le battant et crie :

— À MOIII !!! Venez au secours de la belle Ficeeelle ! qui est une voyeuse extralucide ! Je peux lire dans le présent, le passé simple et le subjonctif !

Ses cris ont dû alerter quelqu'un, puisqu'un pas se fait entendre dans l'escalier. Puis elle entend la voix de Caoua qui ordonne, menaçant :

— Tu vas la fermer, hein ? Si tu continues de brailler, j'entre et je te mets la tête entre les deux oreilles !

Terrorisée, la grande fille recule contre le mur, la bouche ouverte sans qu'aucun son n'en sorte plus. Les pas du cafetier s'éloignent. La malheureuse se dit qu'elle doit à toute force s'échapper. Ah ! Si seulement Fantômette était là ! Il n'y aurait plus de problème. La justicière soufflerait au nez de tous ces malfrats et ils se sauveraient !

Elle s'approche de la fenêtre, regarde à travers les fentes du volet. Dans l'impasse, Johnny Baratino et Krapo s'éloignent, disparaissent de son étroit champ de vision, et sont remplacés par un personnage qui vient d'entrer dans l'impasse. Ficelle ouvre la bouche une fois de plus sous l'effet de la surprise. Celle qui marche vers le café n'est pas Fantômette, mais Françoise. Oh ! Bien sûr c'est une bonne copine, mais elle n'a pas les qualités de la célèbre justicière. Françoise est la première partout à l'école ; elle jette un rapide coup d'œil sur le programme télé de la semaine et vous donne mentalement la liste des émissions avec la chaîne et l'horaire ; ou elle vous récite tous les pays du monde en précisant la capitale, la population et la production de blé, d'acier ou de caramel mou. Mais tout cela ne sert pas à grand-chose. C'est en tout cas moins utile que de savoir grimper à une échelle de corde pour délivrer une princesse enfermée dans un château fort !

Ficelle est sur le point d'appeler la brunette, mais elle se ravise. Si Caoua l'entend, il va revenir pour l'étouffer entre deux oreillers.

Cependant, la prisonnière doit trouver un moyen pour faire connaître sa présence à Françoise. Comment communiquer avec elle ?

La fée-sorcière-pythonisse tend l'oreille. Elle la colle même contre le battant.

Elle entend des éclats de voix lancés par Caoua, qui doivent s'adresser à Françoise :

— Qu'est-ce que tu fais là ? Tu vas me ficher le camp, et fissa !

Que faire ? Comment prévenir son amie ? Elle n'a pas son portable sur elle, ce qui est bien dommage. La petite chambre ne contient rien qui pourrait l'aider... Ah ! Si, là, par terre, cet objet de forme allongée, en plastique mauve.

— Ma règle ! Avec mon nom que j'ai gravé dessus ! Françoise la connaît bien !

Vite elle ramasse la règle, la glisse dans une fente de la persienne, la pousse dans le vide. L'objet tombe sur le pavé, à deux ou trois mètres devant le café. L'instant d'après, Ficelle voit de dos Françoise qui sort, s'arrête une seconde, ramasse la règle et s'éloigne à grands pas. Elle disparaît au bout de l'impasse sans que personne la poursuive, au grand soulagement de la prophétesse. Enfin quelqu'un sait qu'elle est prisonnière non pas dans un donjon, mais dans un café de Pantin-Colombes.

chapitre 11

# Un bolide pour Baratino

— Allô ! Eurotélé ?... Bonjour, ici Fantômette. Vous pouvez me passer Œil de Lynx ?

— Désolée, mademoiselle Fantômette, mais il n'est pas ici. Il est parti ce matin dans un A-380. C'est même moi qui lui ai réservé deux places dans l'avion.

— Pourquoi deux places ?

— Je crois qu'il est accompagné par son assistante, Paméla Costarica.

— Vraiment ? Et qu'est-ce qu'il va faire avec son assistante ?

— Traverser l'Atlantique pour un reportage sur le lancement de la fusée Marianne.

— Ah ? Bon, merci.

Elle raccroche, terriblement déçue. Le journaliste s'en va au moment où elle allait lui proposer un reportage hyper musclé : l'enlèvement de la plus grande voyante des temps modernes et sa délivrance par la célèbre Fantômette, la crème des justicières.

— Ah ! Quel triple crétin ! Aller se promener en Amérique du Sud avec cette tarte aux prunes ! Paméla Costarica ! Peuh ! Si ça se trouve, elle s'appelle Cunégonde Potofeu...

Rageuse, Fantômette donne un coup de pied au plancher, comme une sale gamine mal élevée. Le chat Méphisto la regarde d'un air réprobateur et sort du séjour, dédaigneux. Le téléphone sonne. L'aventurière décroche et un large sourire revient sous son masque.

— Œil de Lynx ! Je vous croyais au-dessus de l'Atlantique !

— Eh non, ma chère. On vient de me rappeler que l'avion est bloqué par la grève des balayeurs d'aéroports.

— Donc, vous ne partez pas pour l'instant ?

— Non. Je suis à ta disposition. Quel est le problème ?

— Notre astrologue nationale a été enfermée par Johnny Baratino dans le haut d'un bistro, à Pantin-Colombes.

— Quoi ? Mais c'est du feuilleton, ça ! Tu ne me racontes pas des blagues ?

— Pas du tout ! J'en viens et, si vous avez un moment de libre, on peut y aller ensemble. Ah ! Mais j'y pense... Vous n'avez plus votre voiture préhistorique ?

— Eurotélé me prête une grosse moto.

— Très bien, je vous attends.

Dix minutes plus tard, un broum-broum-broum annonce l'arrivée de la machine. Fantômette a déjà sorti son petit scooter, ce qui surprend le journaliste.

— Tu ne veux pas monter sur la selle, derrière moi ?

— Non. Pour ramener Ficelle il nous faut trois places.

— Ah ! Tu prévois tout, hein ?

— Bien sûr. Sinon je ne serais pas la première justicière de l'Union européenne !

— D'accord. Juste une question : ça ne te gêne pas de sortir avec un masque sur la figure ?

— Il est caché sous la visière du casque.

— Mais si tu l'enlèves ?

— Les gens qui me voient passer disent : « Tiens ! C'est Fantômette ! » Ils ne me demandent même pas de leur signer un autographe, parce qu'ils savent que je suis toujours pressée. Bon, on y va ?

L'aventurière démarre, suivie par le journaliste qui ne peut s'empêcher de sourire en voyant la cape rouge et noire flotter au vent comme un drapeau.

« Quelle drôle de gamine, tout de même ! Dire qu'elle m'entraîne dans des enquêtes invraisemblables, moi qui suis un reporter sérieux. Elle me donne toujours l'impression d'être un personnage de roman ou de dessins animés. Et pourtant, elle est aussi réelle que Robin des Bois ou Blanche-Neige... »

Le trajet se fait à toute allure, Fantômette ayant déjà suivi l'itinéraire qui mène à Pantin-Colombes. Elle s'arrête à l'entrée de l'impasse où Œil de Lynx stoppe aussi sa moto. Il demande :

— Ce n'est pas risqué, d'aller dans ce café en plein jour ?

— Non, nous sommes vendredi, jour de fermeture. Vous voyez : il n'y a personne dans l'impasse.

Elle prend dans le petit coffre de son scooter une corde et une pince de bricolage dont l'ouverture est réglable, retire son casque et se dirige vers le café. Elle désigne la fenêtre de l'étage.

— En principe, Ficelle est là-haut. Si vous me

faites la courte échelle, je pourrai m'accrocher à cette gouttière et grimper jusqu'aux volets.

Le journaliste s'adosse au mur, les mains jointes en formant un creux où l'aventurière pose la pointe de son pied. L'autre pied vient sur la casquette d'Œil de Lynx et, en moins d'une seconde, la jeune acrobate est au niveau de la fenêtre. Elle prend la pince glissée à sa ceinture et se met à déboulonner les écrous qui maintiennent les volets fermés. Le reporter jette un coup d'œil circulaire, mais personne ne les observe.

Trente secondes plus tard, l'héroïne masquée ouvre les volets et découvre ce qu'il y a à l'intérieur de la chambrette. L'occupante est enveloppée d'une robe de chambre tachée de bleu et coiffée d'un bonnet noir qui ressemble vaguement à une cagoule. Elle s'écrie :

— Aaaah ! Fantômette ! C'est pas vrai ? Mais si, c'est elle ! Mais oui, la véritable, en viande et en os, garantie par le fabricant ! La sauveuse de princesses enfermées dans des donjons de châteaux moyenâgeux ! C'est la dversaire des bandits dont on voit la photo dans les commisériats de police, avec le prix en euros qu'on peut toucher si on les arrête !

Finissant de fixer la corde à un crochet de la fenêtre, l'aventurière grommelle :

— Si tu veux bien te taire une seconde et descendre à cette corde ? Allez, dépêche-toi !

La magicienne se penche pour regarder par la fenêtre et gémit :

— Aaaah ! C'est aussi haut que la tour Eiffel ! Je ne peux pas aller par là, j'ai le vertige qui me fait mal au ventre ! Non, non, j'aime mieux rester ici.

Agacée, Fantômette prononce la première phrase qui lui vient à l'esprit :

— Si tu ne te bouges pas, Johnny Baratino va venir te mettre la tête entre les oreillers !

Terrorisée par le rappel de cette menace effroyable, la pauvre sorcière de pacotille se contraint à saisir la corde, passer ses jambes dans l'ouverture, puis le reste du corps. La justicière l'encourage :

— Bravo ! On croirait que tu as fait ça toute ta vie. Tu pourrais travailler au cirque Gavarni. Bien, laisse-toi descendre, maintenant... Très bien... Œil de Lynx va t'attraper...

L'évasion étant réussie, Ficelle pousse un soupir de soulagement et déclare :

— Vous avez drôlement bien fait de délivrer la prophétesse haut de gamme que je suis ! Il n'y a pas une heure, j'ai encore fait un mirafique pronosticature ! J'ai dit à Baratino qu'il allait attaquer le Crédit des Économies Volantes à Framboisy et qu'il allait en sortir avec un gros sac plein de billets d'euros. Il était drôlement content ! Et moi aussi, ça me faisait plaisir d'avoir fait une prophédiction qui va être vraie de vraie. C'est merveilleux, hein ?

Fantômette et Œil de Lynx sont abasourdis. Le journaliste s'exclame :

— Non, mais ce n'est pas croyable ! Tu as indiqué à ce bandit un coup à faire dans la banque ?

— Ben… heu… oui. Fallait pas ?

Fantômette a déjà pris une décision :

— Vite, on file à la banque ! On aura peut-être le temps d'empêcher le casse…

Elle court vers son scooter, Œil de Lynx entraîne la grande ahurie vers sa moto, lui enfourne la tête dans un casque et démarre à la suite de la justicière qui file déjà à toute allure dans les rues de Pantin-Colombes. Ils parviennent en un temps record aux abords de la banque.

Tout de suite, Fantômette se rend compte que Johnny Baratino a réussi son coup. Elle le voit sortir de l'immeuble en menaçant avec un pistolet un homme qui doit être un client ou un employé. Derrière lui marche un petit gros qui est évidemment son complice Krapo, chargé d'un gros sac en toile verte.

Aucune voiture de police ne se trouve dans les environs, ce qui veut dire que personne n'a eu le temps de donner l'alarme. Ou alors, si le commissariat de Framboisy a été prévenu, les policiers sont encore en route. Le journaliste se retourne sur sa selle et pousse la grande Ficelle sans ménagement.

— Vite, descends ! Retourne chez toi, ça devient trop dangereux ici !

La belle magicienne tente de protester, déclarant qu'elle est tout à fait capable de courir après Baratino, mais le reporter est déjà à cent mètres de là, suivi par Fantômette qui fait au passage un petit signe d'adieu à Ficelle.

Horriblement vexée de s'être fait éjecter de la course-poursuite, la prophétesse revient à grands pas vers son domicile. Elle entre dans la cuisine, se plante en croisant les bras, un pied en avant et une mèche sur l'œil gauche :

— Boulotte, je suis furasque ! !!

La gourmande soulève le couvercle d'une marmite qui bout sur le gaz, hume la vapeur et dit :

— Hmm ! Ces épinards à la confiture de fraises, quel parfum ! Tu disais, Ficelle ? Tu es furax ?

— Oui, en fait. J'étais en train de contempler une attraque de banque, bien assise sur la moto d'Œil de Bœuf, quand tu ne sais pas ce qu'il lui a pris, à ce petit renifleur ? Il m'a bousculaillée de sa selle de cheval, pour me faire tomber sur le bitume du macadalle !

— Du macadam ?

— Oh ! Tu ne vas pas te mettre à faire comme Françoise, qui rectifite tout ce que je raconte. Je dirai macadalle si je veux, na !

— Bon, d'accord. Alors, pourquoi il t'a fait tomber ?

— Je ne suis pas tombée, je suis descendue VOLONTAIREMENT de sa moto.

— Pourquoi ?

— Parce que je voulais assister à l'arrivée des gendarmes déguisés en policiers. J'aime bien leurs uniformes roses ou bleus, je crois.

Boulotte prend une tranche de saucisson, la glisse dans une poire coupée en deux et s'enquiert :

— Œil de Lynx, alors, qu'est-ce qu'il a fait ?

— Ce crétin s'est mis à poursuivre les voleurs. Quelle drôle d'idée, hein ?

— Il voulait peut-être les attraper ?

— C'est pas son travail ! C'est celui de

Fantômette ! Et ce n'est pas tout ! Tu ne sais pas ce qu'il m'a ordonné de faire, ce journaliste qui fait des fautes d'orthographe avec son micro ? Il m'a dit de rentrer à la maison ! S'il croit que c'est comme ça que je regarderai *Fantasmiracle* ! D'ailleurs je vais raconter tout ça sur mon blogueur, pour que la planète soit au courant de la conduite honteuse d'Œil de Pharynx !

chapitre 12

# Poursuite

Pendant qu'au milieu de la rue Ficelle fulminait contre Œil de Lynx, les deux bandits se sont engouffrés dans leur vieille voiture et ont démarré dans un grand nuage de fumée. D'un mouvement de tête, Fantômette indique qu'elle va les suivre. Œil de Lynx opine et remet discrètement le contact. Tous deux laissent prudemment un espace entre eux et la voiture des malfrats, pour éviter de se faire repérer. On traverse ainsi Framboisy, puis le véhicule atteint la petite ville voisine de Passmoy-la-Serpillière. Dans le quartier industriel, derrière l'usine où l'on fabrique des camemberts à la chaîne, l'Hôtel des Trois Pouilleux est coincé entre le dépôt municipal de bouteilles vides et le magasin de stockage des vieux chiffons. Devant l'hôtel vient de s'arrêter la voiture, d'où descendent Johnny Baratino et son complice.

Nos deux motards ont stoppé à cent mètres de là, à demi cachés par une balayeuse municipale en stationnement. Fantômette prend une paire de jumelles dans le petit coffre de son scooter et observe les deux bandits.

— Apparemment, c'est dans cet hôtel qu'ils sont descendus. Vous avez vu ? Krapo a pris le sac vert.

— Oui. C'est peut-être le moment d'appeler la police ? Prévenir le commissaire Maigrelet ?

Fantômette secoue la tête.

— Tout ce qu'il va faire, c'est arrêter ces deux malfrats et récupérer le magot.

— Oui, je suppose…

— Et nous ? On lui aura servi ces bandits sur un plateau et c'est lui qui en aura tout le bénéfice ? Et la gloire de Fantômette, qu'est-ce que vous en faites ? Quand je me remue, j'aime bien en tirer un petit avantage. Avoir mon nom dans les journaux et passer à la télé. Normal, non ?

— Euh… Oui, tu as raison. Mais je ne vois pas ce qu'on pourrait faire d'autre…

— Attendre d'être en position de force. Je

ligoterai ces bonshommes avec la corde qui m'a servi à faire évader Ficelle.

— D'accord, mais pour l'instant, qu'est-ce qu'on fait ? On va rester ici et…

— Regardez !

Fantômette braque ses jumelles vers l'entrée qui pour l'instant sert de sortie, puisque Baratino passe le seuil et monte dans la voiture. Il démarre et s'éloigne.

Il ne faut qu'un quart de seconde à la justicière pour prendre une décision :

— Vous, restez ici, au cas où Krapo sortirait aussi. Moi, je vais filer Baratino et voir ce qu'il va faire.

Elle remet son casque, et suit la voiture le plus silencieusement possible avec son scooter.

L'homme aux yeux clairs roule pendant deux minutes, puis s'arrête devant un garage surmonté d'un grand panneau où s'inscrit le mot « OCCASIONS ». Il entre et engage la conversation avec un vendeur dont les mains sont largement couvertes de cambouis. Les jumelles permettent à la justicière d'observer les mouvements des deux hommes. Ils s'approchent d'une voiture de sport couleur aluminium où Baratino prend place. Elle le voit examiner le tableau de bord, puis il met en marche le moteur, lance quelques coups d'accélérateur, fait un signe d'approbation, sort de la voiture et va vers la caisse du magasin en tirant de sa poche une grosse liasse de billets.

« Évidemment, avec le coup de la banque, il s'est fait une petite fortune, le coquin ! »

Baratino revient à la voiture, démarre et reprend la direction de l'hôtel, de nouveau suivi par Fantômette qui quelques instants plus tard retrouve le journaliste derrière la benne à ordures.

— Eh bien, on dirait que notre Baratino s'est offert une superbe Dynamite 600.

— Oui, mon cher Œil du Cyclone. Il en a les moyens, pas vrai ?

— Oh ! Mais ça ne va pas durer. Je vais m'occuper de lui. Ah ! Il y a du nouveau, on dirait...

En effet, Baratino et Krapo sortent de l'hôtel, le premier portant une valise de cuir brun.

— Nos oiseaux déménagent.

— Mais sans le sac vert... Ils vont peut-être revenir ?

Fantômette réfléchit. L'argent étant dans l'hôtel, la police pourrait éventuellement le récupérer, si elle est alertée. Elle se décide.

— Bon, je vais tout de même prévenir le

commissaire Maigrelet. Il aura la satisfaction de rapporter les euros à la banque. Mais je me réserve la capture des bandits. Tiens, ils démarrent. Suivez-les, je vous rattrape !

Elle sort son portable, appelle le commissaire.

— Commissaire Maigrelet, j'écoute !

— Vous écoutez Fantômette qui vous dit bonjour. J'ai une bonne nouvelle pour vous. Le sac vert contenant les euros du Crédit des Économies Volantes se trouve à l'Hôtel des Trois Pouilleux. Vous connaissez ? À Passmoy-la-Serpillière. Les voleurs sont Johnny Baratino et son complice Krapo. Pour l'instant ils se sont sauvés, mais je suis à leur poursuite. Bonjour chez vous !

Elle raccroche, fait claquer sa langue pour exprimer son contentement et démarre à la suite du reporter qui est depuis longtemps hors de vue. L'homme aux yeux clairs a traversé la petite ville à vitesse réduite, sans doute pour prendre en main son bolide. Mais lorsqu'on sort de l'agglomération pour s'engager sur la nationale 1505, Johnny Baratino appuie sur l'accélérateur. La Dynamite 600 fonce à toute allure.

Pour ne pas la perdre de vue, Œil de Lynx appuie lui aussi sur le champignon, mais sa moto ne monte qu'à 200 à l'heure, ce qui ne lui permet pas de maintenir la distance. La voiture Grand Sport le distance très rapidement. Quant à la justicière, elle est déjà à trois kilomètres en arrière. Elle songe :

« Et maintenant que va-t-il se passer ? Baratino va disparaître dans la nature et on n'aura plus aucun moyen de le retrouver. La seule chance serait que le réservoir de sa voiture se vide rapidement. Et à la vitesse où il va, ça pourrait bien se produire dans peu de temps. Alors, il faudra qu'il s'arrête à une station-service… »

Notre héroïne ne se doute pas que ses prévisions, contrairement à celles de Ficelle, sont complètement fausses. Cinq minutes plus tard, elle aperçoit le scintillement d'un gyrophare et une attroupement sur la route. Des voitures ont été stoppées par la gendarmerie et Œil de Lynx se trouve debout près de sa moto, parlementant avec un agent.

— Mais enfin, je vous répète que je suis à la poursuite des bandits qui ont braqué une banque à Framboisy !

— Et moi, je colle des amendes aux automobilistes qui font des excès de vitesse !

— Mais comment voulez-vous que je rattrape une voiture qui file à 250 en roulant comme un escargot ? Et d'abord, pourquoi ne l'avez-vous pas arrêtée, la voiture des malfrats ? Elle est passée devant votre nez il n'y a pas deux minutes !

— Je n'ai pas à vous donner mes justifications ! Veuillez me présenter vos papiers !

En prenant son portefeuille, le journaliste aperçoit Fantômette qui s'est approchée. Il grogne :

— Ah ! Tu as vu ce qui m'arrive ? La poursuite est fichue, maintenant.

— Je vais rappeler Maigrelet et lui dire ce qui se passe.

Elle re-pianote le numéro du commissaire et n'a pas le temps de placer un mot avant que se déchaîne une tempête de hurlements.

— Ah ! Te revoilà, justicière à la noix ! Aventurière d'occasion ! Fantômette de pacotille ! Policière au rabais ! Et tu as le culot de me retéléphoner ? Pour m'annoncer quoi ? Que tu as retrouvé le trésor des Templiers ? Ou la culotte du roi Dagobert ?

Pour une fois, Fantômette se trouve décontenancée, comme Boulotte quand elle ouvre une boîte de haricots verts alors qu'elle s'attend à des lentilles.

— Mais… mais… Vous avez bien trouvé le sac en toile verte, monsieur le commissaire ?

— Oui, je l'ai trouvé ! !! Et sais-tu ce qu'il contenait, triple patate ?

— Heu…

— Des vieux journaux ! Voilà le joli butin de la banque de Framboisy ! Tu t'es bien payé ma tête, hein ? Je commence à en avoir ras-la-marmite, de tes coups de fil qui me font perdre mon temps ! La prochaine fois, tâche d'aller les chercher toi-même, les billets volés, et apporte-les à mon bureau, au 36 quai des Orfèvres. Compris ? En attendant tiens-toi tranquille et fais tes devoirs !

Elle sent qu'il va raccrocher et crie :

— Attendez, attendez, commissaire ! Juste un tout petit renseignement ! Ces vieux journaux, d'où venaient-ils ?

— Hein ? Eh bien, du sac vert !

— Oui, mais je veux dire, ils étaient imprimés dans quelle région ? Dans quelle ville ?

— Heu... Je crois que le titre, c'était *Le Réveil de Viendon-Situloze*... Pourquoi ?

— Pour rien. Merci, commissaire, à bientôt !

Le commissaire hausse les épaules, raccroche, en grognant entre ses dents contre tous ces détectives amateurs qui croient toujours en savoir plus que la police officielle. Œil de Lynx, après avoir payé l'amende (qui sera heureusement remboursée par Eurotélé), demande à la justicière :

— On fait demi-tour, maintenant ? Plus la peine de continuer la poursuite, n'est-ce pas ? Nos braqueurs doivent être loin.

— Si, il y a quelque chose à faire.

Du coffre de son scooter, qui doit contenir tous les objets nécessaires à une aventurière, elle sort une carte, pointe un nom.

— Regardez, mon cher Lynx, voilà la ville de Viendon-Situloze. Les bandits ont remplacé les euros par des journaux publiés dans cette ville. Ils ont utilisé ce qu'ils avaient sous la main, évidemment.

— Ça voudrait dire qu'ils habitent là ?

— Ou dans le coin, oui. On peut aller y jeter un coup d'œil, en tout cas. Ce n'est qu'à une trentaine de kilomètres.

— Banco !

— Mais attention aux limitations de vitesse, hein ?

— Oui, oui. Je vais rouler comme une limace en vacances.

Du coup, la folle poursuite se transforme en une paisible promenade.

Après une demi-heure de trajet, nos deux

enquêteurs parviennent aux abords de Viendon-Situloze. Une fois passée la zone commerciale, devant une villa de la rue Roger-Lapêche, Fantômette aperçoit un objet qui l'intéresse : une voiture de sport couleur aluminium. Elle stoppe aussitôt et se dissimule avec sa machine dans le renfoncement d'une porte cochère, bientôt suivie par Œil de Lynx.

— Et voilà, mon cher Œil. Nos deux lascars sont dans ce pavillon. Il ne reste plus qu'à entrer et à mettre la main sur la valise de cuir qui doit contenir les billets.

Le journaliste hoche la tête.

— Facile à dire. Ton programme est un peu risqué, non ? Nos deux affreux ont des armes, mais nous... à part un stylet et un stylo...

Fantômette lève une main rassurante.

— Avec un brin d'astuce, on doit y arriver. La classique opération de diversion. Il faut détourner l'attention de nos bonshommes. Je vais voir si je peux entrer dans la voiture. Je vous ferai signe.

En se courbant, l'aventurière se glisse le long des voitures en stationnement, jusqu'à la Dynamite 600. Doucement elle tire sur la poignée de la portière qui pivote et entre dans l'habitacle où elle se livre à un petit travail qui lui prend une minute.

Puis elle fait signe au journaliste de la rejoindre pour lui donner quelques instructions :

— Je vais ressortir de la voiture, sauter pardessus la clôture et aller me cacher sur le côté de la villa, derrière ce buisson de troènes. Vous, entre-temps, vous vous glisserez à ma place. Quand je serai cachée, vous allumerez les phares de la Dynamite 600 en donnant des coups de klaxon. Puis vous reviendrez en courant jusqu'à votre moto.

— Bon, et toi ?

— Dès que les bandits seront sortis pour voir de quoi il retourne, je vais entrer dans le pavillon, tâcher de trouver la valise et sortir par l'arrière de la villa. Au besoin je casserai un carreau de fenêtre. Quand nos bandits reviendront à l'intérieur, je serai déjà dehors. Je cavalerai vers la porte cochère. Compris ?

— Oui, mais c'est une opération qui doit marcher au chronomètre ! Drôlement pointue, ton affaire !

— Bah ! Une fantômetterie de plus... Allez, j'y vais !

Elle jette un coup d'œil aux alentours, mais il est plus de midi et les Viendon-Situloziens sont à table. En moins d'une seconde elle franchit la clôture, court vers le buisson où elle se dissimule.

Œil de Lynx entre alors dans la voiture, allume phares et clignotants, lance trois coups de klaxon et revient en courant vers sa moto. La porte du pavillon s'ouvre et les deux bandits se précipitent dehors. Après un instant d'hésitation, ils passent le portail, examinent la voiture avec des airs soupçonneux. Mais ils ne voient rien ni personne dans les environs. Johnny Baratino coupe le courant, referme la portière et grogne.

— Un de ces petits vauriens du quartier. Si je l'attrape, je lui flanque une raclée !

Pendant que les malfrats examinaient le véhicule, Fantômette s'est faufilée dans l'entrée de la villa. Elle va jusqu'à la salle à manger, voit aussitôt la valise posée sur un divan. Elle l'attrape, se hâte vers la partie arrière de la maison. Il y a là une porte métallique donnant sur un jardin. Elle sort, contourne le mur latéral, retournant vers son buisson de troènes. Le claquement de la porte d'entrée révèle que les bandits viennent de rentrer dans le bâtiment. Il ne reste plus à l'aventurière qu'à foncer vers la clôture, l'escalader sans lâcher le précieux bagage et revenir au pas de course vers Œil de Lynx qui fait ronfler son moteur. Elle lui lance à la volée la valise qu'il accroche à son guidon, saute sur son scooter. Demi-tour rapide et nouvelle traversée de Viendon-Situloze.

Mais il y a maintenant un nouveau problème.

« J'ai le choix. Soit je téléphone une fois de plus à Maigrelet pour lui dire que le magot a été récupéré... mais il va commencer par me traiter de fumiste, et je n'aime pas. Ou alors je lui indique que Baratino se trouve rue Roger-Lapêche, mais il va encore râler... De toute façon, inutile de me décider tout de suite. Pour l'instant, il n'y rien de plus urgent... que d'attendre. »

Quand Johnny Baratino rentre dans la villa, il va vers la salle de séjour et lance un juron.

— Aaaaahhh !!! La valise ! Krapo, tu y as touché ?

— Ben non, chef, j'étais avec vous...

— Elle a disparu !

— Ça je le vois bien, chef, vu qu'elle est plus là...

Pris d'un soupçon soudain, l'homme aux yeux clairs se hâte de traverser la maison, jusqu'à la porte qui donne sur le jardin. Elle est entrouverte.

Du coup, il comprend immédiatement le déroulement de l'opération. La voiture qu'on a fait klaxonner pour les attirer au-dehors, un inconnu qui entre discrètement dans la maison profitant qu'ils aient le dos tourné, prend la valise et s'échappe pendant qu'ils reviennent à l'intérieur. Un scénario réglé à la seconde près ! Le bandit serre les poings.

— Ah ! Je parie que c'est encore un coup de cette Fantômette ! Il faut la rattraper, vite !

Il sort sans se donner la peine de refermer la villa – à quoi bon, puisque les billets n'y sont plus –, se précipite vers la Dynamite 600 et essaie de glisser la clé de contact dans la fente. Mais quelque chose bloque la clé. Baissant la tête, il examine l'antivol.

— Hein ? Il y a un bidule dedans ? Un petit bout de bois, on dirait... Une allumette ou un cure-dent. Mais c'est incroyable ! Toujours Fantômette, alors ? Krapo, trouve-moi une épingle... un bout de fil de fer... un truc pointu... Tu as un canif ? Vite, donne...

Baratino finit par libérer l'antivol et démarre en faisant demi-tour. Le voilà qui repart vers Framboisy en frôlant les 250 à l'heure. Cinq minutes plus tard, la Dynamite 600 est interceptée par les gendarmes Pépin et Lebref. Les deux malfrats amateurs de vitesse se voient confisquer leur voiture et enfermés dans un fourgon de la gendarmerie.

chapitre 13

# Fantômette fillette

N'ayant toujours pas digéré l'humiliation que lui a infligée le journaliste devant la banque, Ficelle revient dans la cuisine et s'écrie :

— Ah ! Boulotte, je suis furieusement indignée ! J'enrage dedans et dehors ! Tu ne sais pas ce qui vient de m'arriver ?

— Comme il n'y a pas d'école en ce moment, ce n'est pas une punition que Mlle Bigoudi t'a donnée ?

— Mais non, que tu es bête, ma pauvre Boulotte ! C'est quarante douze fois plus grave ! Figure-toi que Fantômette en personne et elle-même m'a fait évader d'un grenier où j'étais prisonnière !

— Pas possible ? Attends, il faut que j'ouvre une boîte de maquereaux à la moutarde, pour mettre dans mon mille-feuilles. Alors, pourquoi tu étais dans un grenier ?

— Parce que le mage super-Nostropétrus voulait me faire dire des prophéties, et que je n'arrivais pas à y voir clair...

— Surtout si tu étais dans un grenier.

— Enfin bon, Fantômette est venue et m'a fait évader comme une princesse de bois dormant, avec une échelle pour que je puisse descendre du toit. En fait, après j'ai assisté à un hold-up d'attaque de banque. Et juste au moment où j'allais arrêter le grand bandit Baratino, Œil de Lynx m'a éjectée de sa moto comme une vieille chaussette ! Voilà pourquoi je suis sandalisée ! Je vais porter plainte à la Société Protectrice des Ficelles !

— T'as bien raison. Et moi, je vais mettre à chauffer mon mille-feuilles dans le four.

Ficelle s'en va dans sa chambre, allume l'ordinateur, tire la langue pour capter l'inspiration et écrit dans son blog ficellien :

« À TOUS MES ADMIRATEURS ET MIRATRICES DE MOI, SALUT LA COMPAGNIE. JE VAIS VOUS RACONTER LES POUSTOUFLANTES AVENTURES QUI ME

SONT ARRIVÉES SUR LE COIN DE LA FIGURE ET DANS LES RUES DE FRAMBOISY... »

Suit un long texte par lequel la grande prophétesse relate les péripéties que nous connaissons déjà. Elle y ajoute simplement quelques détails personnels tels que « La foule m'applaudissait » ou « J'étais l'admiration de tout le monde » ou encore « J'envisage de me présenter aux prochaines élections, pour devenir présidente de la République ».

Dans son bureau, au 36 quai des Orfèvres, Maigrelet a convoqué les journalistes pour une conférence de presse. Lorsque toutes les caméras sont braquées sur lui et les micros en place devant son menton, il déclare :

— Je suis heureux de pouvoir annoncer l'arrestation d'un des plus grands malfaiteurs de notre époque et des autres. J'ai nommé Johnny Baratino, qui était accompagné de son complice Krapo. Ces deux individus avaient attaqué la principale banque de Framboisy, le Crédit des Économies Aériennes.

— Volantes, rectifie l'adjoint au commissaire.

— Atmosphériques, c'est ce que j'ai dit. Grâce

à la vigilance de mes services et à ma perspicacité personnelle, j'ai donné des consignes pour que les deux bandits soient arrêtés lors de leur fuite, dans le département et les plus brefs délais, ce qui a été fait. Je me félicite de souligner que la police a une fois de plus accompli son devoir.

Un journaliste demande :

— Le butin volé à la banque a-t-il été récupéré ?

— Il le sera dans les prochaines heures, soyez-en sûr.

— Le bruit court que la fameuse Fantômette aurait participé à l'enquête et qu'elle aurait plus ou moins aidé vos services...

Un large sourire s'étale sur le visage du commissaire.

— Croyez-vous que nous ayons besoin de l'aide d'une gamine ? Cette petite fille ferait mieux de rester dans sa classe de maternelle avec ses cubes, au lieu de vouloir jouer les justicières de la télévision !

Fantômette, qui regarde les infos, agite son poing en direction de Maigrelet.

— Ah ! La canaille ! Tu vas voir ce qu'elle sait faire, la fillette de maternelle ! Tu as besoin d'une bonne leçon, que je te ferai copier dix fois !

— Bonjour, Œil de Perdrix !

— Salut, justicière d'opérette ! Quoi de neuf ?

— C'est plutôt à moi de vous demander ce qui se passe. Vous avez bien rapporté la valise chez vous ?

— Oui. Et elle contenait bien des euros ! Je viens de voir Maigrelet à la télé. Il annonce qu'il récupérera les billets dans quelques heures.

— Ça serait rigolo de les garder pendant une bonne semaine. Il aurait le bec dans l'huile, ce crâneur !

— Oui, mais garder chez soi de l'argent volé, c'est interdit. Ça s'appelle « délit de recel ». Je vais profiter du prochain *Fantasmiracle* pour organiser une remise officielle des euros aux propriétaires de la banque. Avec bien sûr Ficelle, toi-même et le professeur Pascal Sonlon. Ce sera en quelque sorte le triomphe de l'astrologie ! Je crois qu'on va bien s'amuser !

— Ah ! là, là ! Et dire que vous vous faites passer pour un animateur sérieux ! On ne sait jamais si vos émissions sont scientifiques ou guignolesques !

— C'est ce qui en fait le charme et la grâce ! Je vais organiser ça pour demain soir. Je te réserve une place et une autre pour Boulotte ?

— Bien sûr. Je mets mon costume et mon masque ?

— J'y compte bien ! Sinon on risquerait de te prendre pour Françoise, ce qui serait ridicule, n'est-ce pas ?

— Que oui ! Je n'ai rien de commun avec cette petite brunette bornée qui ne pense qu'à apprendre ses devoirs et faire ses leçons !

Assis sur le banc de la cellule, Krapo mastique son éternel chewing-gum, toujours le même depuis son premier cambriolage. Il demande à son chef qui, debout devant la fenêtre à barreaux, contemple la joyeuse façade d'un autre bâtiment de la prison :

— Chef, y a une chose que j'comprends pas très bien. Vous pouvez m'espliquer ?

— Oh, oui ! On a tout notre temps, maintenant.

— Voilà. Pourquoi on a sorti les billets du sac vert pour les mettre dans une valise ?

— Parce qu'en laissant traîner le sac vert à l'Hôtel des Trois Pouilleux, je faisais croire que nous allions revenir. Ce qui nous donnait le temps de filer avec la valise pleine d'euros.

— Ah ! Bon. Mais ensuite j'ai rien compris de

c'qui s'était passé avec les coups de klaxon de la bagnole, et la valoche qui était plus là.

— C'est sûrement un truc de la Fantômette. Je suppose que c'est elle ou son copain l'idiot de journaliste qui a fait tout ce vacarme pour nous faire sortir de la maison. Et pendant qu'on avait le dos tourné, elle est entrée dans le pavillon et nous a piqué la valise. Puis elle a filé par-derrière, la petite bourrique ! Mais ne t'inquiète pas, on la retrouvera. Et ce jour-là, elle ne va pas rigoler, fais-moi confiance !

— Ah ! Bon, puisque vous l'dites. Mais y a un autre machin qui m'embête…

— Quoi donc ?

— Ben, maintenant qu'on n'a plus la Filoche sous la main, qui va me donner le gagnant du Grand Prix de la tour Eiffel, à Maisons-Laffitte ?

Au long de la journée, toutes les demi-heures, une bande-annonce publicitaire a rappelé aux téléspectateurs qu'aurait lieu en direct, pendant la soirée, un numéro spécial de *Fantasmiracle*, présidé par le directeur de la chaîne, M. Lhénorme. On aura le privilège de revoir l'historien Pascal Sonlon, la jeune prophétesse Mlle Ficelle, son amie la comestible Boulotte et exceptionnellement la plus célèbre des justicières, l'incomparable Fantômette. Une émission présentée bien entendu par le journaliste Œil de Lynx et offerte par la « Pâte à reluire Zéphyr, qui a tout pour séduire les cuirs ».

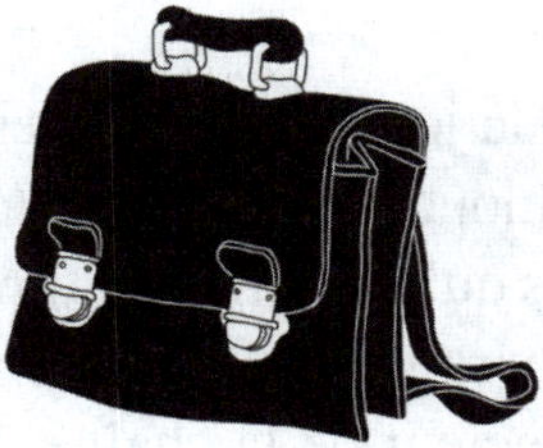

chapitre 14

# Fantasmiraculeux !

— C'est le rêve de cauchemar qui recommence ! Comme l'autre jour que je devais passer à Eurotélé et que je ne trouvais pas je ne sais plus quoi ! Mon escadrille du pied gauche ou ma chaussette de la main droite. Boulotte, viens m'aider à ton secours, au lieu de manger des petits pois !

— C'est pas des petits pois, c'est des haricots verts cueillis à la main !

— Mais je m'en fiche, moi ! Ce qui m'intéresse, c'est mon matériel de pieds pour passer à la télé.

— Bof ! Tes pieds, on ne les verra pas.

— Si ! Parce que je les poserai sur le micro que va tenir Œil de Singe !

Ficelle soupire.

— Ah ! Si seulement Françoise était ici, elle serait capable de les trouver tout de suite !

— Les haricots ?

— Non, mes chaussettes et mes souliers de pieds. Mais toi, à part la mangeaille, tu n'es pas bonne à grand-chose…

— QUOI ??? La mangeaille ? C'est comme ça que tu appelles mes délicieuses crêpes au saumon du Mexique ?

— Excuse-moi, je suis énervée. Pourtant j'étais sûre de les avoir mises dans le lave-linge… Ah ! Les voilà, mes matériels de petons ! Dans le four. Heureusement qu'il n'était pas allumé !

À l'instant où l'incomparable ahurie remet la main sur les accessoires qui rendent ses pieds si intéressants, le klaxon du monospace de Pingouin, le cameraman-chauffeur, vient lui rappeler sa présence. Quand Ficelle est enfin installée sur la banquette arrière de la voiture à côté de Boulotte, il lui dit :

— Il doit y avoir beaucoup de monde ce soir à *Fantasmiracle*. Si je viens te chercher, c'est parce que ta copine la brunette m'a bien recommandé de passer te prendre.

Ficelle lève un sourcil.

— Et pourquoi elle a dit ça ?

— Parce que tu es une sacrée étourdie. Elle avait peur que tu n'arrives pas à temps.

La grande fille ouvre la bouche pour protester, mais ne trouve rien à répondre. Certaines vérités sont tellement évidentes, qu'on ne peut les contester. Malgré les millions de feux rouges qui barrent les rues, le monospace parvient à proximité de l'immeuble d'Eurotélé. Ficelle repère tout de suite une voiture d'où sort le professeur Pascal Sonlon. Près de lui se trouve une gracieuse silhouette jaune, revêtue d'une cape rouge et noire, dont le visage est masqué. L'aventurière qui fait la fierté de l'Europe Unie bavarde avec l'historien :

FANTÔMETTE – Je suis heureuse de vous voir en direct. C'est mieux qu'à la télé.

PASCAL SONLON – Moi de même, chère Fantômette. Je ne vous connaissais que par vos apparitions sur le petit écran. Permettez-moi de vous féliciter pour votre nouvel exploit : l'arrestation de Johnny Baratino. Bravo !

FANTÔMETTE – Oh ! Vous savez, je n'ai pas fait grand-chose. Mais je parie que le commissaire Maigrelet va affirmer qu'on lui doit tout !

PASCAL SONLON – Ah ! Il participe à l'émission ?

FANTÔMETTE – Chaque fois qu'il aperçoit une caméra, il arrive en courant. Mais je vois que vous apportez une boîte noire… C'est une nouvelle potion magique ?

PASCAL SONLON – Non, une autre invention de Nostradamus que je voudrais présenter en direct… Aïe ! Ma dent de sagesse me fait mal…

Le professeur a tiré un mouchoir qu'il presse contre sa barbe.

— Il faut que j'aille voir mon dentiste d'urgence.

— Cela ne vous empêchera pas de présenter l'invention ?

— Non, j'espère que non.

Fantômette désigne la voiture du professeur.

— Vous ne la fermez pas à clé ?

— Oh, non ! Si un voleur veut la prendre, il n'aura qu'à ouvrir la portière sans la défoncer. Cela fera des dégâts en moins.

Ficelle et Boulotte viennent de débarquer du monospace et rejoignent les nouveaux arrivants. La grandissime ahurie fait une révérence devant la justicière et déclare :

— Ah ! Chère aventurière haut de gamme, je n'ai pas eu les loisirs de vous remercier de pied ferme pour le délivrement que vous organisâtes chez le château haut de forme où j'étais enfermée dans la cave du donjon ! Permets-moi, si tu veux bien que je te vouvoie en disant tu, de te donner un gros paquet de remerciements et…

Fantômette agrippe Ficelle par le bras et l'entraîne en haut des marches de l'immeuble.

— Merci pour les politesses, mais on nous attend au studio 103 !

L'hôtesse les accueille avec le sourire et les conduit à ce fameux studio 103 dont nous connaissons maintenant les moindres recoins. Œil de Lynx est dans l'arrière-scène, s'assurant que les invités sont entre les mains expertes des maquilleuses. Le commissaire Maigrelet est arrivé le premier et il donne déjà ses conseils :

— Mademoiselle Katrina, veillez bien à ce que ma moustache garde son brillant, et au contraire faites en sorte que mon front ne reluise pas trop !

Le Président-Directeur Général du Crédit des Économies Volantes, un mince personnage qui pourrait être le père de Ficelle, prend à part Œil de Lynx :

— Dites-moi, vous êtes bien certain que l'argent volé dans notre banque de Framboisy a été récupéré ?

— N'en doutez pas, cher monsieur ! Quand l'émission sera commencée, je l'apporterai moi-même sur la table qui est au centre du plateau et je vous la remettrai officiellement.

— Merci !

À la suite du grand homme apparaît un autre personnage qui au contraire doit pouvoir cueillir des radis sans se baisser. Il s'agit de M. Lhénorme qui dirige la chaîne de télévision. Lui aussi s'adresse au présentateur.

— Ah ! Mon cher Oreille de Lynx, je suis bien heureux de vous trouver ici. Qu'est-ce que vous faites au juste dans ce studio ?

— Mais voyons, j'anime l'émission *Fantasmiracle* !

— Oui, oui, c'est bien ce qu'il me semblait. Et vous avez un nouveau numéro à nous présenter ? Des acrobates, des clowns ?

— Pas tout à fait, monsieur le directeur. Il s'agit de restituer à la banque de Framboisy les euros qui ont été volés…

— Parfait, parfait ! Où est-ce que je me mets ?

— Peut-être dans ce fauteuil libre. Katrina va venir vous maquiller.

— Très bien ! Dites-lui de m'apporter un plateau garni, avec des petits-fours et une coupe de champagne…

Œil de Lynx revient promptement vers le professeur qui a déposé une boîte noire sur la table centrale, court vers Ficelle pour l'aider à enfiler sa pantoufle verte qu'elle a apportée pour avoir l'air d'une véritable prophétesse, se précipite vers le commissaire qui menace de faire venir la police parce que sa moustache n'est pas assez brillante, le tout sous les regards amusés de Fantômette qui s'est plantée dans un coin du studio, bras croisés, et contemple l'agitation du monde de l'audiovisuel.

Dans son « bocal » – la partie du studio protégée par des vitres insonores –, le régisseur lève cinq doigts : l'antenne dans cinq secondes. Œil de Lynx se plante derrière la table, prenant un air sérieux. Quatre, trois, deux, un ! Un *Fantasmiracle* exceptionnel commence.

Dans leur cellule de Meslogis-Fleuris, deux téléspectateurs sont particulièrement attentifs : il s'agit de Johnny Baratino et Krapo. En découvrant l'aventurière assise à la tribune d'honneur, l'homme aux yeux clairs serre les poings.

— Fantômette ! C'est à cause d'elle que nous sommes ici ! Attends un peu que je ressorte, et elle va passer un mauvais quart d'heure !

Le complice mâchouille sa gomme et grogne :

— Faudrait d'abord qu'on sorte d'ici !

— Pas de problème. J'ai entendu dire que le Furet va organiser une société pour faire évader les prisonniers. Il nous tirera de cette taule.

Dans le studio 103, Œil de Lynx s'est emparé du micro pour faire les présentations.

— Admirable public et téléspectatrices incomparables, le *Fantasmiracle* de ce soir sera particulièrement fascinant, je vous le garantis ! Il est placé sous la présidence du grand patron de la chaîne, M. Lhénorme, que nous applaudissons !

Le directeur se lève, mais cela n'augmente guère sa taille. Il hausse son menton pour atteindre le niveau du micro et déclare :

— Je suis heureux que nous soyons réunis ce matin dans ce beau gymnase, grâce à l'aide de notre sponsor, la pâte à choux Zigoto, qui nous donne les plus beaux gâteaux !

Œil de Lynx s'empresse de récupérer son micro pour lancer :

— Bravo, monsieur le directeur, que nous applaudissons ! Merci pour lui ! Et maintenant, j'ai le plaisir d'accueillir de nouveau notre célèbre historien, Pascal Sonlon, qui se lève sous vos applaudissements. Vous avez un problème de dents, professeur ?

— Ce n'est rien. Une dent de sagesse qui fait sa folle....

— Parfait ! Nous allons maintenant applaudir Mlle Ficelle, qui a démontré ses talents de magicienne extralucide !

La magicienne en question est pour l'instant invisible, parce qu'elle s'est baissée pour renouer le cordon d'une sandale qui s'est défait. Le journaliste l'appelle :

— Chère mademoiselle Ficelle, pouvons-nous admirer votre beau visage si éveillé ?

La grande étourdie se redresse en demandant :

— Hein ? Quoi ? Comment ? C'est à moi ?... heu... Qu'est-ce qu'il faut que je fasse ?

— Rien, rien. Notre merveilleux public voulait simplement vous applaudir...

— Ah ! Bon.

Et la belle ahurie se met à taper dans ses mains de toutes ses forces.

Œil de Lynx soupire discrètement en se disant que Ficelle serait mieux à sa place dans un cirque, plutôt que dans une émission de haut niveau comme *Fantasmiracle*. Il enchaîne :

— Mlle Ficelle a dans ses relations la jeune gastronome nommée Boulotte, que nous avions déjà aperçue lorsqu'elle dégustait une barre de chocolat...

Le panneau lumineux indique qu'on doit

applaudir en l'honneur de la dégustatrice, puis le présentateur s'arrête un instant devant la justicière masquée.

— Tout le monde a reconnu Fantômette, qui épouvante les voleurs et terrorise les assassins (APPLAUDISSEZ !!!). Chère Fantômette, pouvez-vous nous dire comment vous avez pu retrouver l'argent volé à la banque framboisienne ?

— Eh bien, je...

Le commissaire Maigrelet se dresse comme un missile propulsé vers le ciel.

— C'est MOI qui ai récupéré le magot et réussi l'exploit d'arrêter Johnny Baratino, un malfrat extrêmement dangereux. Une opération aussi périlleuse que délicate, que j'ai menée à bien grâce à mon flair, mon expérience et mon courage proverbial !

— Et surtout grâce à votre immense modestie ! ajoute Fantômette.

Le commissaire ferme les yeux et pose la main sur son cœur en signe d'humilité. Œil de Lynx profite de cette seconde de silence pour se tourner vers le public et annoncer dramatiquement :

— Maintenant, cher public et spectatrices admirables, nous allons procéder à la remise des billets de banque à leur propriétaire, la banque de Framboisy, représentée ici par son Président-Directeur Général que nous applaudissons !

Le journaliste prend derrière la tribune la fameuse valise de cuir, vient au milieu de la salle pour la déposer au milieu de la table et d'un tonnerre d'applaudissements qui commencent à être assez fatigants, il faut bien l'admettre. C'est alors que Pascal Sonlon se lève en présentant la boîte noire qu'il a apportée. Il s'adresse au journaliste.

— Cher Œil de Lynx, si vous le permettez, je crois que le moment est venu de montrer au public l'invention de Nostradamus que j'ai réussi à confectionner sous la forme de cette boîte...

— Certainement, professeur. Vous pouvez nous en faire une démonstration ?

— Tout à fait. La seule chose que je vais demander, c'est de réduire les lumières du studio. L'appareil ne fonctionne que dans une obscurité presque totale...

Œil de Lynx fait un signe au régisseur, et les lumières baissent. Un grand silence s'établit. Même Ficelle ne dit rien, ce qui est exceptionnel.

On devine la silhouette du professeur qui a posé l'invention sur la table, à côté de la valise. Sa main s'approche de la boîte, puis on entend un craquement, un sifflement de gaz, et un nuage de fumée verdâtre envahit la table, monte jusqu'au plafond, s'étale, obscurcit encore plus le studio. Quelques spectateurs se mettent à tousser, incommodés par les gaz. La voix d'Œil de Lynx s'élève :

— Monsieur le professeur, l'opération est-elle terminée ? A-t-elle réussi ?

Comme M. Sonlon ne répond pas, le journaliste appelle :

— La régie ! Vous pouvez rétablir la lumière, s'il vous plaît ?

Les projecteurs se rallument un par un, éclaircissant le plateau encore envahi par le nuage verdâtre. Quelqu'un alors pousse un cri, en l'occurrence le commissaire Maigrelet.

— Aaaaaah !!! Regardez, là, sur la table...

On voit la boîte noire éventrée, toute seule sur le meuble...

... mais la valise et le professeur ont disparu !

chapitre 15

# Le stylet

Tout de suite, c'est l'affolement après l'effet de surprise. Maigrelet crie :

— La valise a disparu ! La valise a disparu !

Boulotte hurle « J'ai faim ! », Ficelle gémit « Ciel noir ! Quelle catastrophe ferroviaire ! » Le directeur de la banque braille : « Mes euros ! Mes cher euros ! » Fantômette ne dit rien parce qu'elle n'est plus là et le professeur est également muet parce que lui aussi a disparu.

Œil de Lynx comprend immédiatement ce qui s'est passé : Pascal Sonlon a demandé à ce qu'on baisse les lumières et provoqué un nuage de fumée pour s'emparer de la valise et s'enfuir avec ! Si les téléspectateurs s'en aperçoivent aussi, ce sera la ruine de son émission qui sera certainement supprimée. Il empoigne son micro, affiche un large sourire et déclare :

— Chers téléspectateurs, rassurez-vous ! Tout cela était évidemment prévu à l'avance ! Regagnez vos places s'il vous plaît ! Bien entendu, la valise que j'ai posée sur la table était vide. Les billets ont déjà été rendus à la banque de Framboisy. Nous allons applaudir notre président M. Lhénorme, qui a eu l'idée astucieuse de ce gag ! Ainsi se termine *Fantasmiracle*, le magazine du fabuleux et de l'impossible ! Bonsoir à tous et à la prochaine fois !

Les techniciens coupent l'image et le son, pour laisser la place à Madame Proprette qui assure que son linge est impeccable, surtout s'il est lavé à l'eau pure. Le journaliste sort son mouchoir et s'éponge le front.

— Ouf ! J'espère que les chers téléspectateurs vont avaler ça ! Sinon je vais me faire virer par le petit père Lhénorme…

Le directeur du Crédit des Économies Volantes s'approche et demande avec inquiétude :

— C'est vrai, ce que vous avez dit ? Que nos euros ont été rapportés à la banque ? Mais quand ? Pendant l'émission ? Comment se fait-il que je ne sois pas au courant ?

— Heu… A vrai dire, c'est une supposition… Je pense que M. Pascal Sonlon a pris la valise pour… heu… oui, pour la mettre en sûreté…

— Mais vous vous fichez de moi, mon vieux ! C'est lui qui a monté le coup ! Il a volé les euros, oui ! Quelle émission à la noix ! Maintenant débrouillez-vous pour récupérer la valise, sinon ça va chauffer pour vous !

Maigrelet intervient, très sûr de lui :

— N'ayez crainte, cher monsieur le banquier. Je soupçonnais depuis longtemps que ce professeur d'histoire nous racontait des histoires, ha, ha ! J'avais repéré son manège suspect et je me doutais bien que sa boîte à fumée n'était qu'un rideau de fer. Je vais procéder à son arrestation immédiatement et vous remettre vos billets en moins de temps qu'il n'en faut pour le faire. Et par la même occasion, je passerai les menottes à cette Fantômette qui est évidemment complice, puisque je la vois qui n'est pas là…

Œil de Lynx hausse les épaules.

— Peuh... allons bon ! C'est elle-même qui avait repris l'argent chez Baratino !

Le brillant policier tourne le dos, aussitôt remplacé par M. Lhénorme qui vient serrer la main du journaliste.

— Mon cher Truffe de Chien, votre feu d'artifice m'a beaucoup plu. Tous mes compliments !

Deux autres personnages ont assisté en direct à l'escamotage de la valise, depuis leur cellule. Johnny Baratino a apprécié en connaisseur.

— Joli coup ! Ce prof d'histoire est un petit malin. Pourtant son affaire a failli rater. Tu as remarqué, Krapo ? Quand il tenait son mouchoir contre sa joue ?

— Ben… Il avait mal aux dents ?

— Penses-tu ! Il appuyait sur sa fausse barbe pour l'empêcher de se décoller. J'ai l'œil, moi. J'en ai souvent porté, des perruques ou des postiches. Eh oui, tout ça, c'était un tour d'illusionniste, assez bon d'ailleurs ! Il faudra que je m'en inspire, quand on piquera le stock d'or de la Banque de France.

Pascal Sonlon a soigneusement repéré la sortie du studio 103 et il n'a aucun mal à se diriger dans l'obscurité. Valise au poing, il dévale l'escalier, sort en courant de l'immeuble, s'engouffre dans sa voiture. Il démarre et jette un coup d'œil dans le rétroviseur : personne ne le suit.

Il sent alors une piqûre dans la nuque, comme si une guêpe l'attaquait, tandis qu'une voix de fille lui lance d'un ton narquois :

— Vous pensiez peut-être vous acheter une voiture de course ou une villa avec ces euros ? Faut pas trop y compter. Je vous verrais plutôt dans une cellule, où vous allez rejoindre Baratino et Krapo.

Le rétroviseur intérieur lui montre un visage masqué entouré de boucles noires, qui sourit ironiquement.

— QUOI ??? Fantômette ! Qu'est-ce que vous faites là ?

— Je vous pique le cou avec la pointe d'un stylet florentin. Une très jolie pièce en acier trempé, ornée d'une poignée à dorures. Elle m'a été offerte par le duc de Florence, après que j'eus arrêté un certain Arsenio Lupino qui était en train de dévaliser sa galerie de tableaux.

— Mais comment avez-vous fait pour être dans cette voiture avant moi ? Pourtant je me suis dépêché !

— Moi aussi, mais j'avais vingt secondes d'avance sur vous.

— Je ne comprends pas…

— C'est pourtant simple. Quand vous avez pressé un mouchoir contre votre barbe, au début de l'émission, j'ai vu qu'elle était fausse. Et lorsque vous avez demandé qu'on baisse les lumières, je me suis dit : ça y est ! ce bonhomme n'est pas plus professeur que je ne suis gardienne d'oies. Il s'apprête à voler la valise. Alors j'ai quitté le plateau sur la pointe de mes petits pieds et je me suis rappelé que vous n'aviez pas fermé les portes de votre voiture. Alors je me suis installée ici, sur la banquette arrière, hi hi !

L'escroc médite un instant, puis propose :

— Écoute, il y a une fortune dans cette valise, là, à côté de moi. On partage moitié-moitié et on se dit adieu…

— Holà ! Vous vous croyez dans une série policière ? Pas du tout, mon bon monsieur, on ne partage rien. Tenez, serrez un peu à droite et ralentissez. Il y a là-bas un commissariat avec un agent planté devant la porte. Vous allez vous arrêter et lui remettre la valise.

Mais le professeur continue de rouler à la même allure. L'aventurière appuie sur son stylet, arrachant un cri à son adversaire :

— Aaaïe ! Mais vous êtes folle !

— Allez, on s'arrête gentiment…

Pascal Sonlon se rend compte qu'il est coincé. Il stoppe devant le commissariat. L'agent lève une main pour lui signaler que le stationnement est interdit à cet endroit, mais le professeur sort de la voiture avec la valise, s'approche du policier et explique :

— J'ai trouvé ceci sur un banc... Je viens l'apporter...

— Très bien. Si vous voulez entrer...

— Oh ! Ce n'est pas la peine...

— Mais si, monsieur, vous devez remplir une déclaration sur feuille jaune numéro 27 bis, et la signer.

— C'est que je suis un peu pressé...

Le gendarme, soupçonneux, fronce les sourcils et fait un signe à deux collègues qui s'approchent de Sonlon la main sur le talkie-walkie.

— Il n'y en a que pour une minute. Venez...

Le professeur est sur le point de lâcher la valise et de s'enfuir à toutes jambes, quand un ronflement de moteur s'élève dans son dos. Il se retourne et a tout juste le temps d'entrevoir Fantômette qui part au volant de la voiture en lui faisant un petit adieu de la main.

chapitre 16

# Passion astrologique

— Ah ! Te voilà, Françoise ! Mais où étais-tu passée, ces jours-ci ? Je ne t'ai même pas vue à *Fantasmagic* ! Tu ne sais pas ce que tu as raté ! Il y a le prof de géo qui a fait exploser une bombe ! Il y avait de la fumée rouge partout ! Et il a volé le sac vert dans lequel j'avais mis les zeuros du casino ! Heureusement que je suis grossièrement intelligente et que j'ai couru après Jolly Baratineur pour les lui reprendre ! J'ai même été félicitationnée par le commissaire Grassouillet ! Il m'a dit que j'étais une détective-prophesse de grand lusque, et qu'il me ferait entrer dans sa préfecture dès qu'il en aura envie. Alors tu vois, je serai bientôt aussi extramidable que Fantômette.

— Tu crois ?

— Oh, là, là, ma pauvre Françoise. Tu ne te rends pas compte de mes qualités que j'ai maintenant, avec ma magie de l'ancien temps et mon élisquir de beauté ! Non seulement je sais tout, mais encore je peux inventer tout ce qui me passe par la tête, comme une vraie horoscopiste des journaux ou de la radio. C'est pour ça que je vais rédactionner…

— Rédiger.

— Oui, écrire des nouvelles ceinturies qu'on pourra se mettre autour de la taille. Elles seront en vers, comme les asticots de M. Nostrogibus. Tiens, tu veux un exemple de mes pouvoirs de puissance diabolique ? Je peux te prédictionner…

— On ne dit pas…

— Je sais, je sais. On dit prédiser. Je vais te prédiser ce que Boulotte va nous servir tout à l'heure. Ça sera du poisson d'eau…

— Étant donné l'odeur qui remplit la maison, je me doute qu'en effet ça ne doit pas être de la choucroute.

Une voix s'élève, venant de la cuisine.

— Vous parlez de choucroute ? Mais ce que je vous prépare, c'est de la morue aux pommes de terre.

— Ah ! s'exclame Ficelle, qu'est-ce que je te disais ? Tu vois, des pommes de terre qui sentent le poisson ! Si je voulais, je pourrais écrire les horoscoperies de toute l'Europe Unite !

La voix de Boulotte se fait de nouveau entendre :

— À table !

Ficelle plisse son front.

— Je prédis déjà qu'on ne va pas se régaler !

— Pourquoi ? Tu n'aimes pas la cuisine de Boulotte ?

— Tu es sûre que ça te plaît, toi, la morue aux pommes de terre avec de la citrouille, des épinards et des tripes crues ?

Les deux amies se dirigent vers la cuisine avec appréhension, lorsque le portable de Françoise se met à diffuser les notes d'*Au clair de la lune*. Elle décroche.

— Ah ! Œil de Lynx ? Vous avez du nouveau... QUOI ??? Bon, ne bougez pas, j'arrive !

Elle coupe la communication. Ficelle s'inquiète :

— Une mauvaise nouvelle ? Œil de Pharynx a encore eu un accident de la route ?

— Non, il n'a pas eu d'accident. Je t'expliquerai...

Elle se hâte vers la sortie, referme la porte. On entend son pas de course qui décroît rapidement dans la rue. Ficelle grogne entre ses dents.

— Ouais, j'ai compris sa combine. Elle vient d'inventer une entourloupe pour échapper à la morue de Boulotte !

Fantômette arrête son scooter devant l'immeuble d'Eurotélé, d'où sort Œil de Lynx à grands pas.

— Ah ! Ma chère, merci d'être venue si vite ! Devine ce qui vient d'arriver ?

— Je ne suis pas prophétesse comme Ficelle. Que se passe-t-il ?

— Notre professeur, le nommé Caleçon court ou long... Tu sais que les gendarmes ont essayé de l'arrêter quand il est venu déposer la valise pleine d'euros... Eh bien, figure-toi que Sonlon a détalé avant qu'on lui passe les menottes !

— Vraiment ? Je ne savais pas. J'étais partie faire un petit tour au volant de sa voiture... histoire de lui laisser le temps de s'expliquer avec les agents ! Comment savez-vous tout ça ?

— C'est Maigrelet qui vient de m'appeler. Et il est bien embêté, le pauvre !

— Pourquoi ?

— Hé, il ne sait pas comment retrouver le prof.

— Oui, je m'en doute.

— Alors, il m'a demandé si tu pouvais te charger de ce petit travail. Tu ne sais pas ce qu'il a ajouté ? « Vu le nombre de fois où elle a récupéré le Furet, ça ne doit pas être bien difficile de remettre la main sur cet astronaute de pacotille ! »

— Il a dit « astronaute » ?

— Oui.

— Il parle comme Ficelle. Cela dit, je pense qu'il exagère un tantinet.

— Et pourquoi donc ?

— Ah ! Il est gonflé, le Maigrelet ! C'est toujours moi qu'il appelle. Et je ne suis même pas payée !

— On sait que tu préfères la gloire à l'argent.

— Ouais, c'est ça.

Elle se met à déambuler sur les marches, réfléchissant. Le journaliste se garde bien d'interrompre sa somptueuse méditation.

Finalement elle demande :

— À votre avis, vaut-il mieux que je dise au commissaire où se trouve Pascal Sonlon, ou que vous soyez mis au courant le premier ?

Œil de Lynx fait un bond sur place.

— Comment ! Tu sais où il est ?

— Bien sûr. Je sais tout, moi. Puisque c'est mon métier.

Le reporter retire sa casquette dont il se sert pour s'essuyer le front, puis balbutie :

— Heu... Oui, bien sûr, j'aime mieux que... que ce soit moi qui sache où est passé notre type... J'en parlerai dans ma prochaine émission. Ou même dans un flash spécial avant les infos. Mais comment peux-tu savoir où il s'est sauvé ?

— Mettez votre casque et suivez-moi !

Le journaliste obéit sans poser d'autres questions et démarre à la suite de la jeune scootériste. La nuit approche et les lumières de la ville apparaissent peu à peu. Sans trop se presser, l'aventurière prend la direction de Pantreuil, puis d'Auberville et de Clineuve. Elle s'arrête dans une voie assez peu passante et mal éclairée, la rue Vincent Time. Œil de Lynx coupe son moteur, s'approche.

— Sonlon habite dans ce quartier ?

— Oui, dans la maison aux volets jaunes. Sa voiture est devant.

— Mais comment sais-tu tout ça ?

— Sa voiture, je la lui ai piquée au moment où il rapportait la valise au commissariat. Et j'ai trouvé l'adresse sur une carte de visite qui traînait dans la boîte à gants. Il y avait aussi une clé qui m'a permis d'entrer dans la maison.

— Eh ben ! Tu n'as peur de rien ! Oui, je sais, c'est ton métier. Et tu as trouvé quelque chose de particulier, chez lui ?

— Quelques livres de maths, des manuels d'histoire, des bouquins de géographie. Rien qui prouve qu'il s'intéresse aux cambriolages. Mais surtout, j'ai découvert des tas de livres d'astrologie, des grimoires, des vieux documents sur Nostradamus... Ce type n'est pas malfaiteur : c'est un passionné de magie et de surnaturel !

— Pourtant, il avait volé la valise pleine de billets !

— Je ne pense pas qu'il l'ait fait par malveillance. Crois-moi, ce n'est qu'un amateur. Ah ! Tiens, le voilà...

Un taxi s'est arrêté devant la maison et a déposé le professeur. Il s'approche de sa voiture, que Fantômette a garée là quelques heures plus tôt. Il tourne autour, ouvre la portière et se met à examiner l'intérieur. À cent mètres en arrière, Fantômette remarque :

— Il doit être plutôt épaté de revoir sa voiture devant chez lui... Ça y est, il a retrouvé la clé que j'ai laissée sur le tableau de bord...

L'historien entre dans la maison. À la seconde

où il referme le battant, Fantômette qui bondit comme une panthère, avance son pied pour empêcher la porte de se refermer.

— Bonsoir, monsieur Sonlon. On peut bavarder un instant avec vous ?

Le professeur se retourne, surpris.

— Fantômette ! Encore vous ? Et Œil de Lynx... Mais que me voulez-vous ?

— Je viens de le dire ! Bavarder un brin. Vous en faites, une tête ! Rassurez-vous, je ne vais pas vous piquer de nouveau votre voiture.

Sonlon regarde par-dessus les épaules des visiteurs, pour s'assurer qu'ils ne sont pas suivis par des policiers. Puis avec une lenteur qui révèle un reste de méfiance, il allume la lumière d'un salon meublé assez sommairement.

Il demande :

— Bavarder ? Mais de quoi ?

Fantômette a un petit rire.

— J'aimerais que vous parliez de vous. Racontez-vous votre vie. Je suis sûre qu'elle est passionnante. Vous permettez que je m'asseye sur cette vieille chaise ? Nous vous écoutons.

Pascal Sonlon a l'air un peu rassuré. Fantômette ne semble pas décidée à le ramener au poste de police. Il se laisse tomber dans un fauteuil et soupire :

— Je ne peux pas vous dire que j'ai eu une vie très intéressante. Je suis né pas loin d'ici et suis resté un vrai gosse de Paris. Je n'ai rien vécu de mirobolant, je n'ai pas fait de grandes rencontres, je n'ai jamais voyagé... enfin sauf en racontant des histoires. Les moments les plus agréables de ma vie furent lorsque j'enseignais la Cour de Louis XIV ou les voyages de Christophe Colomb. Mais plus que tout, j'ai adoré étudier la vie et les œuvres de Nostradamus. Je me passionne depuis toujours pour l'astrologie, la voyance, la prestidigitation.

— D'accord. Mais quand même, vous avez volé une valise pleine de billets !

— Justement ! C'est mon petit côté illusionniste. J'aime bien faire des tours de magie. Ça me sort de mon quotidien solitaire et morose. Mais je ne suis qu'un amateur. Ne croyez pas que je sois un voleur professionnel. On m'a mis sous le nez une valise et j'avoue que j'ai été tenté. Faire un coup d'éclat à la télé, devant des millions de gens, c'était trop alléchant ! L'occasion idéale de tester mes techniques de magicien... Ça fait des années que je m'exerce tout seul dans mon grenier, vous savez !

Fantômette esquisse un petit sourire.

— C'est bien ce que je pensais, vous n'étiez

pas vraiment intéressé par ces milliers d'euros. Vous vous êtes juste pris à votre propre jeu, vous avez eu envie de passer pour un grand magicien... aussi fort que Nostradamus !

Pascal Sonlon hoche la tête, l'air un peu défait.

— Exact. Comment avez-vous compris cela ?

— Hé ! Moi aussi je suis un peu sorcière. Mais vous savez qu'une magicienne ne doit jamais révéler ses trucs !

La justicière lui lance un clin d'œil et pivote sur ses talons.

— Bien, monsieur, il se fait tard et nous allons vous laisser. Je vous souhaite une belle réussite en tant que Nostradamus des temps modernes !

— Vous n'allez pas me dénoncer au commissaire Maigrelet ?

— Non, rassurez-vous, on n'en entendra plus parler. Au revoir !

Nos héros sortent, retrouvent leurs motos. Avant de remettre son casque, Œil de Lynx demande :

— Donc nous sommes sûrs que Sonlon est honnête ?

— Oui, je peux vous garantir qu'il ne commettra plus de vols. Et nous ne sommes pas près de revoir le commissaire... Ah ! mon téléphone sonne...

Elle sort son portable qui joue *Au clair de la lune*, écoute.

— Comment ??? QUOI !!! Mille pompons ! ENCORE !!!

Elle rempoche l'appareil, donne de furieux coups de poing sur son casque qui est encore sur la selle du scooter et crie :

— J'en ai ras-le-bol ! C'est Maigrelet qui m'annonce que le Furet vient de s'évader ! Il veut que j'aille le récupérer ! Mes vacances sont fichues, mille milliards de pompons !

**Quelles autres énigmes**

**Fantômette**

**devra-t-elle élucider ?**

**Pour le savoir,**

**regarde vite la page suivante !**

10. Fantômette
et la télévision

11. Fantômette
chez le Roi

12. Fantômette
contre Fantômette

13. Opération
Fantômette

14. Les sept
Fantômettes

15. Fantômette
et la dent du diable

16. Fantômette
et le trésor du pharaon

## TABLE

« Pour l'éditeur, le principe est d'utiliser des papiers composés de fibres naturelles, renouvelables, recyclables et fabriquées à partir de bois issus de forêts qui adoptent un système d'aménagement durable. En outre, l'éditeur attend de ses fournisseurs de papier qu'ils s'inscrivent dans une démarche de certification environnementale reconnue. »

Composition MCP – ***Groupe Jouve*** – 45770 Saran
N° 314813P

Imprimé en France par Jean-Lamour - Groupe Qualibris
Dépôt légal : juillet 2009
20.20.1848.9/01 – ISBN 978-2-01-201848-8
*Loi n°49-956 du 16 juillet 1949*
*sur les publications destinées à la jeunesse*